過去にならない恋

過去にならない恋

大浜啓吉

水声社

目次

第一章　二十一年目の手紙……11
第二章　再会……28
第三章　初恋の頃……44
第四章　中村橋……71
第五章　美紫緒の結婚生活……109

第六章　大人の恋……140
第七章　蓉子……168
第八章　決断……184
あとがき……219

第一章

二十一年目の手紙

美紫緒《みしお》さん
あなたに最後にお会いしてから二十一年の月日が経ちます。いかお過ごしでしょうか。あなたは、僕より一週間だけお姉さんですからお互いにすでに四十一歳になっている筈です。あなたが、その後どのように変貌されたのか、僕には想像もできません。僕の脳裡には、二十《はたち》の頃の、あるいは最初にあなたを見た時の笑顔しか浮かびません。それは僕にとっては永遠のものです。決して変わることのないものです。僕は二十歳の時、あなたに求婚しました。その言葉を聞いてあなたが「うふふ」笑ったあの瞬間もはっきりと覚えています。新宿の「プチ・モンド」、あそこには今も僕の青春があるような気がします。
あなたが、遠くの人を眼で促してニコニコの笑顔で「あそこの人はお見合いしているのよ」といった言葉なども、あなたの美しい声の響きとともになぜかよく覚えています。僕には他人に目配りする余裕もなく、また関心もなかったのでしょう。「あそこの人」が誰か分かりませんでした。プチ・モンド。あなたとのささやかな思い出を留めるにはまことにふさわしいフランス語ではありませんか。あの頃のことはまた後に触れることにして、僕がなぜあなたに手紙を書く気持ちになったのかについて触れておきます。

　僕はつい一週間ほど前に法学博士の学位を取得しました。法学博士というのは、理科系の博士や文学博士と違って、わが国では現在年間十名から三十名くらいの人しか取得できません。その意味では稀少価値のある学位です。法学部の場合、教授になり、五十歳を過ぎてからとるのがもっとも多いケースですが、しかし、一流の大学でも教授陣のわずかしか持っていないのが現状です。僕の大学でもその例に漏れません。その意味で、この時期に論文が認められたことを嬉しく思っております。特に、今回の僕の学位論文の審査は、公法学の最高権威である碩学の先生方の審査にかかるものでした。

　自分でもよく分かりませんが、論文を書き終わると、なぜかずっとあなたのことを想うようになりました。ある時はしみじみ昔を懐かしみ、ある時は激しくまるで青春の情熱が蘇《よみがえ》ったかのように昔のことが思い出されます。手紙を書きたい。歩きながらも、電車のなかでも、眼を覚ました床の中でも、あなたに語りかけている自分を発見します。きっと自分もやっと一人前の学者になったということを、あなたに知らせたいのでしょう。あるいは、お別れして以来ずっと胸の奥にしまっておいたあなたへの思いがやっと出口を見つけて迸り出てきているのかも知れません。

「いまさら手紙」という気持ちも、ない訳ではありません。しかし、僕はこれまでもそうであったように、自分の今なお消えないあなたへの純粋な気持ちを殺す必要性をついに認め得ないのです。

思い出します。十三年前にあなたにお電話したときのことを。僕の声を聞くなり「美高さん」とすぐに気づいてくれたのは嬉しかった。そしてすぐに「私が後悔するような立派な人になった？」と問いました。あの時の僕は、事情があって精神的に疲弊していました。どうしても、あなたの声を聞きたいという衝動を押さえることができませんでした。あなたの声を聞かずには生きて行けない気がしていたのです。

あなたは、熊本の母親からの電話で「女子美時代の友人から、住所・電話を尋ねる電話があった」と聞いた時、美高さんではないかと思ったと言いました。あなたの住所と電話を知るために僕は相当の努力をしたのですが、そのことは今は書きません。

十三年前にお電話した時、僕は独身でした。あなたにはもう記憶がないかもしれませんが、あの時あなたは結婚したのかとは聞いてくれませんでした。否、僕が結婚していることを前提にした話し方でしたので、僕もなぜだか独身だと言いそびれた記憶があります。そのため、あなたに対する気持ちに何の変りもないことを何一つ伝えることもできずに電話を切らざるを得ませんでした。

あの後、偶然から結婚しました。妻は蓉子、旧姓を藤木といいます。藤園中学の先輩ですし、あなたともお話したことがあるようですので、きっとご存知だと思います。

今、法学博士の学位をとったから立派になったなどと考えている訳ではありません。また、あなたを見返そうなどという考えなど僕とはまったく無縁のものです。自分の「憧れ」を見返す必要がどこにあるでしょうか。ただ自分としては学問の道を選んでそれが誤っていなかったこと、今度の研究が少しは社会に貢献できるかもしれない等々、人生の一区切りがついた気持ちがしているのです。

そこで僕の青春の全てであったあなた、青春の全てを賭けて恋し愛したあなたに近況報告の手紙を書くことは許されるのではないか、あなたも許して下さるのではないかと勝手に考えてペンをとることにしたのです。

僕は若い頃から時々おなかに激痛が走ることがあり、持病と考えていたのですが、短時間で治まるので特に気にもとめていませんでした。ところが、これが数年前からだんだんひどくなり、数度検査入院しても原因不明ということで、その後飛び飛びにですが、合計半年以上も入院を繰り返すことになりました。あるとき激痛がひどく、病院に運ばれると即入院せよということでした。東京では面倒を見てくれる人もいないので、熊本の実家に帰って熊本大学病院に検査のため入院しました。その時も原因不明という結論でしたが、後に胆石ということで手術をしました。

退院して初めて母と二人で町に出た折り、母が藤木の家の前を通るとき、「藤木さんはまだお嫁に行ってないみたいよ」というので、ふとそれじゃあ俺が申込んでやろうかと思いました。というのも、昔、兄（現在は医学部教授）が帰省した時、何年かぶりに熊本で彼女とばったり会ったことがあり、僕に「藤木さんが綺麗になっていた、彼女と結婚しようかな」と言ったことがあったからです。兄がそんなことをいうのは初めてだったので、僕は大いに賛成し叱咤激励したことがありました。しかし、兄は遂に電話もかけず、それっきりになってしまいました。

僕は蓉子のことはそれまで見たこともなかったのですが、兄がいいと言うのなら悪い女ではあるまいと思い、東京での独身生活に飽きていましたし、親も煩くなってきたので、結婚しようと考えたのでした。当時彼女は高校の英語教師をしていましたが、辞めて東京にきてくれました。

今僕らは八王子に住んでいますが、結婚当初は中野新橋のマンションに住みました。二十の頃の僕が、身を焦がす程に思った「杉並区の堀之内（あなたの下宿）」と女子美術大学は目と鼻の先にあります。昔、女子美に行っていた友人の従姉妹から、あなたの住所を調べてもらった後、僕はあなたの住んでいる下宿を探し訪ねたことがありました。あの頃の記憶を辿って、あなたのいない、しかし、あなたのかつて住んだ街を、あなたを想いながら、夕暮れ時によく散策したものでした。

その後、僕にも二人の子どもができました。長男は小学一年、長女は三歳です。女の子ができたら美紫緒とつけようとずっと思っていました。しかし、あなたが好きだったことは蓉子にも言ってあったので、さすがにそれはできませんでした。

一番好きな人と結婚できなかった僕にとって、結婚は大して意味のあることではありませんでしたので、ある意味では相手は誰でも良かったのです。しかし、それでも、若干は僕なりの好みというものがなかった訳ではありません。もっとも、蓉子はちょっと見込み違いでした。大変な秀才というので、僕は気の強い女だと勝手に信じていました。女房は少しくらい気が強い方がよいだろうというのが僕の考えでしたし、教師にせよ何にせよ、女性も自分の職業なり生き方なりをきちんと持っている人がよいと思っていたのです。

ところが、一緒になって見ると、この人はとっても気が弱くて、決して僕の予想したような人ではありませんでした。しっかり専業主婦に納まっています。しかし、とても控え目で、こっちが怒っても決して反抗せず、風呂だって僕より先に入ったことがありません。気持ちも、とても純粋で優しい人です。自分の短所を考えれば、恐らく過ぎた女房なのでしょう。僕の英語の論文の校正などは、元英語教師だけあって安心して任せられますが、文献のコピーなどが上手にできないなど信じられない程不器用なところもあります。しかし、ともかくも恙《つつが》なく暮らしております。

僕には、あなたが今どのような境遇にあり、何を考え、どのように暮らしているのか何の知識もありません。あなたの結婚についても、何の情報も持ちあわせていません。あなたが何時結婚なさったのかも、相手が誰であるかも知らないし、また強いて知ろうとしたこともありませんでした。

唯一の知識は、十三年前にお電話したとき、あなたが昔と変わらず張りのある、僕の大好きな声をしていたこと、「私には六人の子供がいるのよ」といったこと（もっとも、六人は少し多すぎると思っていますが）くらいです。とても幸せそうな印象を受けました。これがあなたと最後にお別れしてから、この二十一年間に知りえたあなたに関する知識の全てです。きっと素敵な恋をして、素敵な方をお選びになったことでしょう。

ときどき思います。美紫緒さんと結婚できなくてよかったと。あなたにこんな苦労はかけられなかったと。しかし、もしもあなたが僕のものになってくれていたら、僕の人生もすっかり変わったものになっていたのではないかとは思います。当時の僕はあなたのためなら死ぬことさえできたのですから。しかし、あなたは僕に何も求めることがなかった。

いや、そうではない。そうではないたった一つのことがあります。僕が悔いても悔いきれぬことがある。そのことを僕はこの二十一年間何度となく思い出しては、歯軋りする思いで悔やみつづけてきました。僕の人生の最大の汚点であり失敗です。もしも時間を逆に回すことができるのなら、あの瞬間だけは、もう一度やり直しをさせて頂きたいと切に思う。愚かだった、まことに愚かだった。

しかし、あの失敗の中に自分の本質があることを自覚したのは、少し後になってからのことです。爾来、あの瞬間は僕に存在のアイデンティティーを絶えず問いかけずにはいなかったし、僕の男としての重い課題となりました。もし人間に飛躍ということが可能であるならば、「あの瞬間」を克服する以外に手がないのだ、と僕は考えるようになりました。あの瞬間に露呈した自分の本質を克服しないことには、美紫緒に顔を合わすことができない、それが僕の直観でした。しかし、過ぎてしまったあの「瞬間」をどのようにして変えることが出来るでしょうか。

今度、僕の書いた博士論文は、あの瞬間を埋め合わせる意味を持っているのです。少なくとも自分の内部では。僕は生まれて初めて努力らしい努力をしました。論文のテーマは長年にわたって研究してきたものですが、論文として書き始めたのは二年ほど前からです。この間、僕は血の滲むような勉強をしてきました。冬休み春休みの長期休暇はもちろんのこと、週二回の講義のために大学に出掛けることを除けば、家から一歩も出ず、人とも会わず、あらゆる時間を惜しみ、日に十五、六時間は勉強に打ち込んできました。肉体の限界まで勉強したといっていいと思います。トイレに立つ以外は、机にかじりついていた。しかし、こうしたことはすべて僕の内面の闘いであり出来事ですから、こんな事を聞かされても、あなたとしては、きっと何の戯言かといった気持ちを抱かれることでしょう。あなたに求愛する資格のないままに結婚を申し込み、ある意味では、愛している、好きだとだけ叫んで、何らなす術もなく、手も握れずにみすぼらしく立ち去った男の責任の取り方として報告を聞いて戴ければよいのです。

その「瞬間」が何を意味するのかは、聡明なあなたのことですから、すでにお気付きだと思います。大学入学のため東京に出てきた後も、失恋の傷は癒えるどころか、自分にはあなたに近づく資格はないという落魄《らくはく》の心境にありました。人生の先に希望さえ描くことはできず、傷を誤魔化しながら生きるほかありませんでした。

目標喪失の時間が天恵となったのでしょうか、大学の講義に刺激されて次第に法律学が面白くなり、別人のように勉強し始めました。生活の基軸が勉強に定まると、不思議なことに他の夾雑物は消え、美紫緒への思いが蘇ってきたのです。美紫緒に会いたいという気持ちは徐々に膨らみはじめました。美紫緒に会おうという決心が生まれたのは、夏が過ぎ秋になってからからのことです。少し自信が蘇ってきたのかもしれません。

その後は、全ての講義を無欠席無遅刻で通しましたので、卒業まで専門科目は全優の成績でした。自分の頭が法律学の論理に向いていると思うようになりました。

勉強の調子が乗ってくると、僕の脳裡には必ずあなたが顔をだします。身体の中のどういう生理がそうするのでしょうか。二年生の秋になると、日に日に美紫緒のことが気持ちの中に潮の満潮のように満ちてくるのです。僕には幼い頃から、心に満ちてきたものは拒絶しない癖があります。いよいよ美紫緒が心に満ちてきて溢れでそうになりました。

そう十月二十二日の土曜日、激しい動悸に脚を震わせながら、練馬区中村橋の電話ボックスからあなたに電話をした時のことは、今でもはっきり覚えています。あなたは杉並区堀之内の普通の家に下宿していました。大家さんはこちらの名前も訊かず、すぐにあなたに取り次いでくれました。

電話口にあなたがでたので「もしもし美紫緒さん」というと、あなたはすぐに「どうして分かったの」といいました。声だけで僕だと分かってくれたのが嬉しかった。

「やっとわかった。電話するのに大変な勇気がいったのだよ。こうして話をしているだけで恥ずかしい」というと、あなたは「いや私も恥ずかしかっよ」と熊本弁で応じました。そして「お元気ですか?」と言ってくれました。

今もあの時のあなたの甘く張りのある声が忘れられません。時間など気にする余裕もありませんでしたが、あなたは「早稲田祭も見たいし、早慶戦も連れていって欲しい」といってくれました。そして、あなたは初めて会う約束をしてくれたのです。早稲田祭に一緒に行ってくれると。この時から僕は、粛々と会う日に備えて心を清めるために、大学の図書館で猛然と勉強に打ち込んだことを今も懐かしく思い出します。

待ち合わせ場所は、新宿の紀伊國屋書店の前でした。僕にとっては、知り合ってから二年七カ月振りの、世界一愛する女性との歓喜のデートでした。僕は「下着と靴」以外は、みんな友人のものを借りたものでした。僕は約束の場所にかなり早くつきましたが、あなたも約束時間の少し前に来てくれました。

あなたが現れた時の感動は、生涯忘れることはできません。東京でのあなたとのデートについていえば、あなたの着ていた服装も、あなたの喋った言葉も、あなたと行った場所も、その日の天気も、全てを僕は覚えています。初デートの時は、早稲田祭のシンポジウムに参加することが目的でしたので、あなたも学生らしい出で立ちでしたが、二度目のときは、あなたは薄緑のタートルネックに純白のウールのコート姿で現れました。この日は教授宅を何人かで訪問した帰りでしたが、僕にはデートに重点があるように思われました。美しかった。あなたの笑顔は生き生きと輝いていた。この女性がずっと好きで堪らない美紫緒なのだと天にも昇る気持ちでした。

美紫緒さん、喫茶店でコーヒーを飲みながら、僕は「あなたに会うと実力が出せない」と言いました。あなたは笑顔で「実力を出してよ」と言ってくれました。美紫緒と居ること、話をすることがこんなに幸せなのかと僕は心から思いました。だから、言葉で実力を見せる必要がなくなっていたのでしょう。

当時は七〇年安保の足音が聞こえはじめていた時代でしたから、学生運動も高揚し、左翼のもっとも華々しい時代でした。僕も大学に入って初めてマルクス主義に出会い、様々な歴史書をはじめマルクス、エンゲルス、レーニン、トロツキー、毛沢東等の著作も随分読み耽ったものです。マルクスとの出会いは、僕に初めて世界観というものを教えてくれました。現在の僕はマルクス主義者ではありませんが、マルクスを通して社会科学の基礎的素養を学んだように思います。

当時のあなたは、三派全学連の台頭などにも興味を持ち、羽田事件について質問されたこともありました。ただ僕の方は、世俗の世界状況についての自分の理解を積極的に語ることを避けていました。内面から迸《ほとばし》る美紫緒への情熱で、頭も気持ちも一杯だったからです。

あなたに恋したあの時代、あなたに会い、語ることが無上の喜びであったあの時代、ただただ無償の愛と情熱を信じて何ら巧むことなく生きていたあの時代は、僕の青春の精華でした。

その後、僕は大学院に進み、行政法を専攻しました。子供じみたことを言うようですが、大学院には首席で合格しました。僕は面接試験の日の指導教授との出会いを忘れることができません。

先生は、まず「試験の出来具合はどうでしたか」と問われ、僕が、「少しミスをしたように思います」とお答えすると、こうおっしゃった。「私は、実は今日家を出る時から、わくわくする気持ちで出てきました。あなたにお会いするのが楽しみで出てきたのです。このような答案を書く人は、どのような人だろうと思って。ミスどころか、私は大学教師になって初めて百点満点の百点をつけました。論点の指摘、論理の展開、判例の引用等どれをとっても一点の非の打ち所もない完璧な答案でした。私は早稲田で二十年余り教鞭をとっていますが、かつてこのような答案を見たことがない」と。そして、是非とも研究者としての道を歩むように勧めて下さったのです。

若かったこともあるでしょうが、僕は琴線の震える深い感動をもってこの言葉を聞きました。司法研修所に行って弁護士になるか、学者になるか迷っていた僕にとって、恐らくこの瞬間は生涯を決定するものでした。今この手紙を書きながら、あの頃を思い出します。この先生は幕末の英雄勝海舟の曾孫にあたる方で、リベラルな思想をもった人間的にも素晴らしい先生です。

話がどんどん詰まらないものになってきました。ただ、美紫緒さん、あなたとお話ししていると嬉しくなって、まるで子供のようにあれも話したい、これも話したいと話題が尽きません。いろいろなことを考えて、あの話題を削り、このエピソードを省きながら書き綴っています。僕自身、書きながら不思議な気持ちに駆られます。近況報告の名を借りながら、明らかにあなたに対する思慕が湧き出てくるのを押さえきれないでいる。学問のこと、研究テーマのこと、苦しかった日々のこと等々お話したいことは尽きません。

特に、「疲弊していた」と書いた時代のことなどは、僕の内面においては美紫緒さんと決して無関係ではないので書きたいところです。しかし、それは、本日の手紙の趣旨にそぐわないし、僕にとっては有意味であっても、今あなたに聞かせなければならない性質のものではないので、今回は割愛します。

しかし、先ほど述べた「瞬間」については、書かない訳にはいきません。これは僕の人生を支えてきた出来事であり、僕にとっての美紫緒そのものであり、この手紙は正にこの問題に対する僕の報告書でもあるからです。

あの日のことを正確に書くためには、押し入れの段ボールを開けて、古い日記帳を読み直さなければなりません。しかし、それは余りに辛いことですし、危険なことです。美紫緒、美紫緒と呼び捨てにすることを許して戴きたい。「辛い」とは、あの頃の美紫緒への思いを目の当たりにすることが、です。「危険」とは、あの頃の文章が現在の僕に吹き込む情熱が、です。美紫緒と呟くだけで、僕の脳には確実にある種の変化が現れます。それは、まだ残っている恋の情熱です。それは余りに悲しい思い出に包まれたまま確実に身体に残っています。

美紫緒さん、あの時あなたはこう言いました。「この手紙は返す」と。「こんな弱気な美高さんは大嫌い」と。僕はあの時のあなたの厳しい「眼」と怒った「表情」を永遠に忘れない。あの言葉こそ僕のすべてです。僕はあの美紫緒の言葉の故に生きてこられたし、あの日の美紫緒が見せた思いのこもった眼差しの故に、今日があるといっても過言ではありません。

なぜあのとき、あの手紙を返して貰わなかったのだろう。そして、必ずあなたを幸せにして見せるからどうか卒業まで待っていてくれないか、と言わなかったのだろう。そして、あの感動に満ちたあなたの言葉を次の行動のバネにしなかったのだろう。手立てはいくらでもあった。卒業と同時に司法研修所に行き、二年後に弁護士となってあなたとの結婚の道を開くことだってできたのに。「この手紙は僕の本当の気持ちを書いたものだから受け取ってくれ」などと、戯《たわ》けた綺麗ごとを何ゆえ言ってしまったのだろう。何ゆえあの時、あなたの差し出してくれた黄金の橋を渡れなかったのだろう。一生の不覚であり、死んでも死にきれないほどの悔恨である。男子たるもの女に下駄をあずけるような言動を吐き、綺麗ごとを並べて後はあなた次第だなどという態度をとってしまった。全くこんな馬鹿な男は死んでしまった方がいい。

不明であった。余りに不明であった。何ゆえ、何ゆえ僕は、その道を選択しなかったのか。何ゆえ、直截に美紫緒への道を突き進まなかったのか。ほんの少し待たせるだけで、あなたと結婚できる道だってあったのに。経済的基礎ないしその展望は、目前に開くことができたのに。何ゆえそれに気付かなかったのか。いくら悔やんでも悔やみきれない痛恨、誠に痛恨の極みです。そして、あの瞬間に象徴的に露呈された自分の弱さが今日までの自分の課題であったことは先に述べた通りです。あんなに好きだったあなたを、諦める必要などなかったのだ。

あなたが初めて会う約束をしてくれた時の喜びは、今でも忘れていません。あなたへの思いを知っていた兄は、「石川淳は惚れた女は強姦しろといっている」と励ましてくれたものでした。この言葉は、問題のある言葉かも知れません。しかし、文学者の言葉として、一つの真実を言いあてていると思う。よく分かる。誤解を恐れながら敢えて言えば、惚れた女を強姦もできない男は男ではない、そして自分は男ではなかったと。

四十歳を過ぎ、ある程度成熟した今思い返しても、美紫緒さん、あの頃のあなたは、素晴らしい女性でした。僕はあなたに恋したことを誇らしく思います。あなたから聞いた言葉は、どれをとっても、あなたがいかに気品に満ちた女性であったかを語っています。

常にあなたの前では、正直でありたいと思っていた僕は、愚かにも自分は将来政治家になりたい、と言ったことがありました。今思えば、とても気恥ずかしい言葉です。あなたは、「政治家になるのなら弱い人の立場に立った正義感の強い政治家になって欲しい」と言いました。これは、とっても素敵な言葉です。あなたがどんなに立派な優しい女性であったかを物語っています。あなたの語った言葉は、どれをとっても実に含蓄があり感銘深いのですが、僕はそういうあなたが好きで、好きで、たまらなかった。

あなたは、「私は本当のお嬢さんではないのよ」といったこともあります。そして、「家族で丸いテーブルを囲んで食事をしたころが懐かしい」とも言いました。僕は一つの感動をもって、このような言葉を聞いたものでした。

「身を引いた」僕の選択は、あの時点においては、あるいは間違っていなかったのかも知れません。あの時点の僕には、あなたを娶る資格も財力もなかったのですから。

すでに、卒業を間近に控えたあなたを引き止めるには、僕はあまりに無力でした。当時は、自分が何者なのか分からなかった。自分の価値も理解できず、将来の確たる見通しもなかった。ただ美紫緒が幸福になるのを妨げる存在であってはならないと思っていました。しかし、今の僕は知っている。二、三年待たせてもそれは十分取り返しがつく程度のものであったということを。それが分かってくるにつれて、僕の悔しさは増してきたのです。

現在の僕は時代が違うとはいえ、大学生の女の子の心理なり、置かれた状況なりをある程度分かるようになっています。そして、それ故に思うのです。僕には待たせる資格があったのだと。待たせるべきであったと。身を引く必要など何もなかったと。当時の僕には大きく感じられた開きなど、今にして思えば何でもなかったと。自分の愛情は、それを償ってなお余りあるものであったと。そして、自分の未来に開かれていた可能性をもってすれば、決してそれほど重大視することなどなかったのだと。

美紫緒さん、僕の無念が分かって頂けるでしょうか。僕の歯軋りがあなたの耳に届くでしょうか。もしあの時、将来を見通す力があったならば、僕は決してあなたから身を引くような愚かなことはしなかった。決してあのような手紙など書きはしなかった。あの時あなたは眼に涙をためて、最後に「私の後悔するような人になって……」と言いました。

しかし、僕は一度としてあなたを後悔させようと思ったこともなければ、あなたを後悔させるために、歯を食い縛って頑張ったこともありません。もちろん現在の僕は、いまだあなたが後悔するほどの人物にはなっていませんが、仮に将来いかほどか社会に役に立つ人間になれたとしても、それはあなたを後悔させるためではなく、すべからく「こんな弱気な美高さんは大嫌い」といった、あの日のあなたの言葉に帰し得るでしょう。

「こんな弱気な美高さんは大嫌い。この手紙は返す」そう言ってあなたは、奇麗に鋏《はさみ》で開封した封筒を差し出しました。中には便箋二十枚程の僕の手紙がありました。差し出されたあなたの白い手。あなたの美しい眼。あなたの涙。あなたの真剣な眼差し。ああ、あなたは何と美しく輝いていたことだろう。それは僕の全てです。

美紫緒さん、僕は命ある限りあの瞬間を忘れない。しかし、あの時の僕は、それが自分の人生を分けるほどの重大な瞬間だったとは気付いていなかった。そこに美紫緒が僕のものになる可能性が、ほんのわずかであれ開かれていたということが分らなかった。まことに己の不明を恥じるほかありません。

あれから二十一年の歳月が流れました。二十一年の月日は長くもあり、また短くも感じられます。すでに触れたように、この間僕はいくたびとなくあの日の、あの瞬間を思い出しながら生きてきました。小林秀雄は、作家は処女作に向かって成熟するといいました。僕はこれを敷衍して、人間は青春に向かって成熟するものだと考えています。そして、美紫緒さん、僕にとっては、あなたこそ青春の全てでした。あなたは僕の詩であり、永遠であり、原点なのです。

無力であった当時の僕には、「身を引く」という選択肢だけが残された唯一の愛の証でした。そして、あの約束こそ僕が生涯に二度と用いることのない可能な限り最大の愛の表現だったのです。

現在の僕には、過ぎてしまった時間はどうすることもできないけれども、あの約束を果たす可能性だけは残されています。しかも、時代は正に世紀末の乱世に突入している。人生の先行きに何が起こるか、神ならぬ身には、知り得よう筈もありません。約束実現の可能性が残されている以上、僕としては言っておく必要があると思います。僕のあの約束は永遠に有効であり、僕の心はいつもあなたの傍にあると。

どうか、御身を大切にしていただきたいと思います。あなたの存在、あなたが生きていることを励みにしている人間もいる、ということをお忘れにならないで下さい。かつてあなたは、「美高さんは派手、私は地味」といいました。あなたのこの言葉によって僕は、自分の性格の一端を、初めて自覚させられたものでした。これもあなたが、きちんと見るべきものを見抜く力をもっていたことの証左です。もっとも、僕は職業としては大学教師という地味な職業を選んでしまいました。これはもちろんあなたの指摘が誤っていたということを少しも意味しません。研究生活自体は実に地味な仕事です。

この手紙は、昨年の十二月の半ばごろから書き始めました。少し長くなってしまいましたが、僕としてはこれでもお話したいことの何分の一にも達していない気がします。読み返して見ると、書きだしと中盤以降では少しずつ調子も変わってきています。

これも自然な流れですから、書き換えないことにしました。僕の方は毎日あなたとお話しているうちに、だんだんと時が隔てていた垣根がとれてしまい、本当に昔のままの美しくも可憐な美紫緒さんとお話している積りになってしまいました。

もっとも、僕はあえて意識的に、あなたと僕の直面している「現実」への想像力を断って、この手紙を書いたのです。願わくは、そこに僕の決断を見て戴きたいものだと思います。
美紫緒さん、いつまでもお元気で。

敬具

一九八八年四月十二日

美高《よしたか》　颯《そう》

第二章
再会

美紫緒に二十一年ぶりの手紙を書きながら、颯は徐々に青春時代に帰ったように血潮が騒いでならなかった。手紙を投函した時点で、五月の神戸での学会の折に美紫緒に会う決心をしていた。

手紙に敢えて「会って欲しい」と書かなかったのは、美紫緒がどんな男と結婚し、現在どのような状況にあるのか全く分からなかったからである。彼女の状況次第では、会いたくても会えないことだってあるだろう。従って会うためには電話で彼女の声を聞き、客観的状況をある程度把握し、彼女の気持ちを読み取る必要があると考えた。

長い手紙を書いたのは、美紫緒の方もその後の颯について何も知らないであろうから、ひとまず彼自身の二十一年間の情報をあらまし伝えておく必要があると思ったからである。それらの情報が彼女の心に自然に収まるには、ある程度の時間を要するであろう。そう考えて、ちょうど一カ月の時間をおいて、大阪に行く週の月曜の午後、彼女に電話を入れた。いざ電話をかけるとなると、颯は緊張し少年のように胸が激しく鼓動を打った。すぐに美紫緒がでた。

「中山です」

「美紫緒さん」

「美高さん！」その声には懐かしさが滲んでいた。突然の電話に美紫緒は驚かなかった。

「手紙、読んでくれましたか」

「うん、嬉しかったわ。あなたから必ず電話があると思っていたの」美紫緒の張りのある美しい声は昔と変わっていない。

「実は今週の土・日に学会で神戸に行くので、金曜日に会ってくれませんか。時間はあなたの都合に合わせます」

「電話があると思っていたけど、こんなに急に会いたいと言われるとは思っていなかったわ。私の方は大丈夫だけど、主人や息子の日程も確認してからでないとすぐに決められないし、少し考えたいこともあるので明日電話をくれない？」

美紫緒は颯の二十一年ぶりの手紙を読んで、嬉しさのあまり瞬時恍惚となった。手紙は美紫緒に向けて情熱の強い光を放っていた。彼女の心の奥底には「未燃焼の恋」のエネルギーが眠っていたが、颯の愛情に満ちた強い光線は美紫緒の恋心を照射し目覚めさせた。青春時代の熱い思いが蘇ったともいえるが、むしろ青春の土壌の上に「新しい恋」が生まれようとしていたというのが正確かもしれない。

美紫緒の言葉を聞いて、彼女は会う気があると感じた。話したいことはたくさんあったが、特に夫のことを是非知っておきたかった。そこで結婚のことを訊ねると、彼女は素直に答えてくれた。

見合結婚であること、夫は神戸の生まれで神戸大学の工学部出身の大手電機メーカーのエンジニアであること、子供は男の子が一人で中学三年生であること、実家の熊本の病院は父が八三年に六十歳で亡くなったあと、弟が後を継いだことなどを話してくれた。

夫の情報は、今後のことを考える上で颯には貴重だった。結婚後ずっと同じ住所の由なので、公務員か自営業ではないかと想像していたが、工学部卒のエンジニアと聞いて、文系のサラリーマンのような転勤がない理由も分かった。

翌日の昼過ぎに再び電話すると、彼女は「金曜の午後一時にホテルニューオータニ大阪にしましょう」と言った。

「会う決心をしてくれてありがとう。心からお礼をいうよ。ホテルニューオータニは行ったことないけど、調べればすぐ分るから大丈夫だよ」

「ニューオータニは、梅田から環状線外回りに乗って五つ目の大阪城公園駅で降りると、すぐ分るから」

颯は会う日が決まって喜びで震える思いがした。天にも昇る気持ちとはこういうことなのであろう。ただ前日の電話で美紫緒の「少し考えたいこともある」との言葉が気になっていた。「考えたいこと」が何か想像できなかったからである。彼女が二人の行く末を深く考えていたことが、いずれ明らかになるであろう。その一端が次の言葉であった。

「あなたの手紙は、お父さんに対して失礼なことでしょう」

この言葉は、手紙を出すこと自体が失礼という意味か、それとも手紙の内容が失礼なのか不明である。一般論として、男性が人妻に手紙を出すこと自体が失礼に当たることはない。だから彼女は「手紙の内容」が失礼だと考えたのであろう。彼女が夫に手紙を見せない限り、夫が内容を知ることはないので「失礼」にはならないが、彼女は手紙を夫に見せたという。ということは夫に対して失礼だと思いつつ見せたということになる。

夫は「送り返せ」といったという。この反応自体、夫の物事の認識能力のレベルを示すものである。夫は妻の若い頃の友人の親愛の情を不快に思った。美紫緒は自分で見せておいて、「失礼」だという。夫に見せた理由は何か。手紙をもらって「嬉しかった」だけでなく、嬉しさ余って自分が若い頃どんなに「モテた」か、四十歳を超えても自分をこんなに思っている男がいると自慢したかったのであろう。

彼女が敢えて「失礼」と言ったのは、颯と会う積りだったからである。密かに会うことは夫を裏切ることになるという倫理観が、失礼という言葉を生み出した。彼女は小さな裏切りを強いる颯を非難したのではなく、二十一年も経って再び自分に会いたいという颯の真意を知りたいと思ったのである。

「失礼だなんてとんでもないよ。失礼どころか、あなたの亭主に会えたら、もう美紫緒を俺に返してもらいたいと言おうと思っている。先験的に僕に優先権があるからね。僕の方がずっと早くあなたに出会い惚れたのだし、プロポーズもしてある。この世で僕以上に美紫緒を愛している男はいないのだから」

美紫緒は黙っていたが、なぜか気持ちが安心して落ち着くのを覚えた。

他方、夫は美紫緒のいない隙に颯の手紙をポケットに入れて持ち去り、処分してしまった。処分すればすべて片付くと思ったのである。知性の寸毫も感じられない仕業である。彼女は手紙をどうしたのか質《ただ》そうかとも考えたが、手紙のことは忘れた振りをしていた。その方が美紫緒にとって好都合だと思ったからである。

手紙の存在よりも、手紙が妻に与えた影響の方がはるかに重要であるのに、夫はそれがまったく分かっていない。夫は日頃から物事を深く考える人ではないが、颯の熱愛の言葉が妻に与えた心裡的影響などは微塵も考えなかった。颯の言葉は美紫緒の心の奥底に響き、自分の歩んできた人生が「これで良かったのか」と心を揺さぶられた。

他方、夫は妻が手紙について問い質されないか、びくびくしていた。妻に来た手紙を無断で破棄した負い目から、自分から手紙について話題にすることができなくなった。この負い目は夫を不自由にし、妻に自由を与えることになった。


美紫緒が指定した場所は、ホテル一階の正面玄関のロビーであった。約束の時間は午後一時であるが、颯は午前十一時からホテルの正面玄関に備えてある大きな円形のソファーの正面に足を組んで座り、ソファーの背もたれに両腕を左右に広げて正面玄関を見据えて、美紫緒が現れるのを待っていた。新宿で美紫緒と最後に会ってから二十一年五カ月の歳月が経っていた。正面玄関の外は初夏のような明るい陽射しが照らしており、外から入ってくる人はシルエットしか分からない。しかし、譬え二十一年の時を隔てようと、颯には美紫緒の頭髪の一部や手足が少しでも目に入れば、彼女を見間違えることはないとの自信があった。

颯は朝五時に起床し、JR西八王子駅まで行って、東京駅で七時半の新幹線に乗った。時間はたっぷり余裕があったが、朝食をとらなかったので、さすがにお昼になると腹がすいてきた。颯はホテルに着いた後、コーヒーも飲まず、水も我慢してひたすら美紫緒が現れるのを待った。

美紫緒が早く来るかもしれないので、約束の二時間前からロビーの椅子に座って、正面玄関に現れる人影に神経を集中していた。十二時半頃、ロビーの右側からサングラスを掛けた誰かがこちらを覗いている感じがした。チラッと眼を向けると、美紫緒ではないか！てっきり正面からくると思っていたので、不意打ちを食らった形だったが、彼女に会えた喜びが体を駆け巡った。颯はすぐに立ち上がって、彼女の傍に行った。

「なによ偉そうに、両手を広げて座って、うふふ」

これが美紫緒の最初の言葉だった。親しみのこもった美しい声であった。彼女の優しい微笑は昔と変わらなかった。彼女の眼には喜びの感情が溢れていた。

「うふふ」は昔と変わらない。美紫緒の独特の笑みであり、受容の気持ちが含まれている。この短い言葉のやりとりで、二十一年の時の隔たりは一気にどこかへ吹き飛んだ。

「え、どこから来たの？　とても綺麗だよ、美紫緒さん」

颯が「とても綺麗だよ」と言ったのは初めてである。美紫緒は彼が他人にお世辞を言わないことをよく知っていた。四十歳を超えて少し世間知が身についたからではなく、本音がいきなり飛び出したのだと理解した。自分への情熱が自然に口をついてでたにすぎないと。それだけに「綺麗だ」の言葉は美紫緒の心持ちを柔らかくした。

「きっとあなたが正面にいると思って、向こうの横の入り口から入ったのよ」

美紫緒の目には颯に対する確実な信頼があった。彼女には颯との間の距離を取ろうという姿勢がまったくなかった。否、むしろ美紫緒は颯の心により近づいていた。この会わなかった長い期間、美紫緒もまた心の奥底で颯のことを考え続けていた。お互いにずっと心の中で対話していたからこそ、二十一年の歳月をすぐに飛び越えることができたのである。

美紫緒が側面から入ってきたのも、颯の知らない所からいきなり登場することで颯の普段の自然な姿を見たいと思ったからである。手紙で彼の熱情ははっきり読み取ることができたが、小さな不安は残っていた。不安の実質は自分に自信がもてないことに尽きる。未だに熱く自分を思ってくれている彼に対して、自分は平凡な主婦として生活してきただけであり、若さも美しさも失われていると思っていた。サングラスをかけたのも、目じりの小皺を隠すのに役立つと思ったからである。颯の「綺麗だよ」の言葉はこの心配を吹き飛ばしてくれた。

颯の青春は終わっていない。青春のすべてを賭けて愛した女性、自分の永遠である女性が眼の前にいる。彼女を諦めたことを後悔して生きてきた颯にとって、美紫緒との再会は、二十歳の青春に帰ったに等しい。彼女を見るだけで嬉しかったし、語り合うことで気持ちは満たされた。あの頃の美紫緒への気持ちは少しも変わっていない。

「あなたとコーヒーを美味しく飲むために、自宅で朝食も食べず、ホテルに着いてからも、コーヒーも水も飲まずに我慢して待っていた」

「まあ、水も飲んでいないの。お腹空いているでしょう。食べに行きましょう」

美紫緒は何を食べるかよりも、他人を気にせずにゆっくり話ができる場所を優先させようと思って、サンドウィッチなどの軽食もある一階の喫茶室「ザ・ラウンジでいいわよね」と言った。こうして、二人の二十一年目の再会は始まったのである。

ザ・ラウンジに向って歩きながら、美紫緒は笑顔でさらりと言った。

「今日はわざと普段着できたのよ。美高さんが誤解しないように。お洒落してくると、自分が好きなんじゃないかと思わないとも限らないからよ。うふふ」

颯の情熱に油を注がないように、服装の選択にも神経を使ったというのである。この言葉には二つ意味があるだろう。一つは、ことさらお洒落をしていないことの強調である。颯はもちろん「洗いざらしのブラウス」にすぐに気づいていたし、彼女の意図も察していた。だが美紫緒が何を着てくるかは、颯にはどうでもいい事であった。敢えて言えば、ブランドものを着てこようが、高価な装飾品を付けてこようが、そんなもので彼女への評価が変わることはないし、颯の気持ちが上がることも下がることもない。生身の美紫緒がいれば、それだけで十分であった。

二つ目は、「普段着」の強調である。お洒落をしてくると颯に誤解を与えかねないので、それを避けるためだという。しかし、この言葉は逆に自分の颯への「未だ燃え尽きていない愛」を見透かされないためだったともいえる。つまり、彼女自身が内心で新しい恋の芽吹きの可能性があることを感じ、その不安を自ら打ち消すために敢えて普段着にしたのだった。彼女が颯に何の興味もないのであれば、会わなければ済むからである。

普段着といっても清潔に洗濯された白いブラウス、青系のスカートにカーデガンの全体は、スタイリッシュな彼女の身体に見事にコーディネイトされており、期せずして服のセンスの良さをアピールすることになっていた。その結果、颯は彼女の澄み切った好意を十二分に感じ取った。

高価なブランド品の効果など高が知れている。彼女の生まれ持った品性は所作振る舞いに滲み出るものであって、美しい人は普段着でも美しい。普段着で行けば恋心が冷めると考えること自体、何の根拠もない幻想にすぎず、むしろ彼に会いに行くことを自分に弁解するためでしかない。なぜ弁解する必要があるかといえば、彼女自身「会いたい」気持ちがあるからであり、会いたいのは自分の心の中に恋の残り香が消えていないからである。

ザ・ラウンジは、人は疎《まば》らでじっくり話をするのに適していた。

二人は四人掛けの座席に着き、共にサンドウィッチとコーヒーを頼んだ。正面に座って改めて美紫緒を見つめると、彼女は二十一年の歳月を感じさせない若さで昔のままだった。控えめで恥ずかしがり屋の正直な人柄が黙っていても伝わってくる。歳を取った婦人にありがちな図々しさの欠片もなく、少しも「おばさん化」していない。あの頃のままの美紫緒が目の前に居た。

サンドウィッチを食べながら、美紫緒は子どものように可愛い仕種をした。褒めると首を横に何度も振った。そんなに褒めないでという意味である。自分は能力がないともいった。コーヒーを飲む仕種も品があって素敵だった。

二人は煩わしい事は何もかも忘れたかのように夢中で語り始めた。美紫緒も颯と話したいことがたくさんあったのである。

「美高さんが藤木さんと結婚したのには驚いたわ」

美紫緒は彼の結婚について詳しく聞きたかったようである。

「蓉子とのことは手紙に書いた通りだけど、詳しい経緯については、別の機会に話すよ」

彼女は颯の手紙を一言一句注意深く読み込んでいた。この間の彼の生活ないし生き方の大筋を把握できたし、自分への恋がどのくらい深いもので昔と何ら変わらない気持ちでいることもよく分った。

四十一歳の美紫緒に、あなたへの愛は二十歳の時と何一つ変わっていないと言い、「美紫緒は僕の詩であり、永遠であり、原点である」と言う。純粋な愛情を直截に正面からぶつけてくる。彼女の周りに、もはやこんな男はいない。

手紙には「僕のあの約束は永遠に有効であり、僕の心はいつもあなたの傍らにある」と書いてある。二十一年前、新宿で彼女が涙を流しながら聞いた彼の「約束」は必ず果たすと述べている。特に手紙の最後の部分の文章、「僕は敢えて意識的に、あなたと僕の直面している現実への想像力を断って、この手紙を書いたのです。願わくは、そこに僕の決断を見て戴きたい」は、美紫緒の琴線に触れた。目に涙が滲んで心が震えた。

この手紙には「現実」と「決断」が何を意味するか、具体的な内容は何も書かれていない。手紙によれば、美紫緒がどんな男性と結婚し、どんな生活をしているのか、颯は何の情報も持っていないという。何の情報もない以上、「現実」の分析ができないのは当然である。それなのに「僕の決断を見て戴きたい」という。

「決断」の具体的内容は、二十一年前のあの日の「彼の約束」から容易に想像できた。美紫緒に「僕が必要だという時が来れば何があろうと、すぐにあなたのもとに駆け付ける。そして、あなたのためにあらゆることをする。妻がいようが、子どもがいようが、別れて断じてあなたと結婚する」と言った。これは永遠の約束だとも。あの日の約束は今でも生きているというのである。手紙を読んで以来、彼の深い愛が日々自分の心に染み渡ってきていると感じた。

颯は若い時から有り余る程の自信と情熱に恵まれていた。これに対して、夫は真面目ではあるが、情熱もなければ自信もない平凡な人であった。世界や日本社会の様々な問題に対してはもちろんのこと、妻や息子の抱える問題や身近な隣人に対しても関心が薄かった。そのため上司から注目されることもなく、同僚・部下から慕われることもなかった。読書家でもなく蔵書もないに等しい。従って、美紫緒は夫から気の利いた言葉で教えられたり、知的刺激を受けたりすることもなかった。

夫は学生時代に哲学、歴史、思想等について友人と議論したことも、古典的書物に親しんだこともなかった。読書の習慣がないため、尊敬する歴史上の人物もなく、信奉する思想があるようにも思えない。どの本に感動したとか、どの人物の生き方に影響を受けたということも聞いたことがない。他方、庭いじりは好きで、家電の修理なども頼めばすぐにやってくれた。

いい人ではあったが、奔放《ほんぽう》な男らしい魅力はない。お見合い結婚であるから、最初から愛情のないまま暮らしてきたが、本物の愛情は生まれなかった。それでも離婚まで考えたことはなかった。見合い結婚とはそんなものだと思っていたからである。

結婚すると、夫の父親が宝塚の一等地に百坪の土地と家を買ってくれた。大阪湾を見渡せる絶景の場所であった。美紫緒は熊本に親が作ってくれたマンションを所有しており、結婚の当所から毎月六十万円余の家賃収入があった。従って、結婚しても夫の扶養家族になったことがなく、税金も夫とは別に独自に支払っていた。そのため彼女は、夫に食わせて貰っているという意識を持ったことがない。服にせよ時計にせよ高級品を持っていたので、初対面の折「普段着で来た」という言葉には、格別の意味があったのである。

結婚二年目に長男が生まれた。子どもの小さいうちは、子育てに夢中であった。颯の手紙が届いた時は、結婚して十八年目であった。平凡な暮らしであったが、物的な意味で特に不満を持つことはなかった。ただ夫が金銭的にとても吝嗇《りんしょく》だったために、買い物や日常的な物事につき何かと意見が合わなかった。

美紫緒は大学時代、学業（染色）に打ち込み、男性に興味を持たなかった。唯一の例外が颯であった。彼は新宿のプチ・モンドで、人生で初めてのプロポーズをしてくれた。正式な返事はしなかったが、断ってはいない。颯との恋愛は会う度に思いが募った。彼の話は面白く会う度に美紫緒の蒙を啓き、新しい言葉を投げ込んで知的刺激を与えてくれた。美紫緒は心の中で、颯しかいないと考えていた。彼の卒業を待って結婚しようと思っていた。

颯は自信と情熱の塊だった。美紫緒はそこに魅力を感じていた。颯は美紫緒を自分の「永遠の女性」であり、二人はサルトルのいう「必然の愛」で結ばれていると語った。若い二人はデートを重ねたが、颯は手も握らず、キスしようともせず、セックスも求めなかった。彼が求めれば、彼女は応じる積りだった。好きだったし結婚する積りでいたからである。彼が二人の結婚への未来を具体的に語ってくれれば、たとえ親が反対しても自分は彼に付いていく積りであった。

二人の会話は、あれこれと飛び跳ねた。

「私から質問してもいい？」

「もちろんいいよ」

「美高さんの目的は何なの？」

いきなりの根本的質問であった。先日の電話では「美高さんの手紙は、お父さんに対して失礼なことでしょう」と言った。今度は別の言葉で颯の真意を訊ねたのである。

颯は澱むことなく答えた。

「あなたと一緒に暮らすことだ」

彼女は黙っていた。否定的な表情も言葉もなかった。美紫緒はこの手紙に具体的な目的があるのではないかと思った。「決断」とは何なのかを明確に訊いておきたかったのである。「一緒に暮らす」とはある意味で漠然としているが、究極の目的を明確に述べたものだったので、彼女の腑に落ちた。美紫緒の質問に十分応えるものであった。

美紫緒は黙ったままである。

颯が何らごまかさず、直截に返事をくれたことは彼女の心に響いた。彼はもとより大切なことをいい加減にごまかして済ませる男ではない。このことは若い時からよく分っていた。答えがストレートだっただけに、彼女の方は「一緒に暮らす」と言われて、どう反応していいか頭が回らなくなってしまった。彼女の頭に浮かんだ「目的は何？」という疑問はこの言葉でひとまず氷解した。

二人が話をするのは二十一年ぶりである。美紫緒と颯は若い恋人同士のように時間を忘れて語り合った。二人の新しい恋は、この日から始まったといっていい。

先日の電話で再会の日、場所と時間は決めたが、何時間話ができるのかについて彼女は触れなかったし、颯も訊かなかった。しかし、夫も息子も夕方には帰宅するだろうから、三時頃には帰るのではないかと覚悟していた。それで時計をみると、既に四時近くになっていた。

「時間はまだ大丈夫なの？」

「五時まで一緒にいられる」

美紫緒は颯といると時間を忘れるほど楽しいので、若い頃に戻った気分になって、ぎりぎりまで時間を延ばしてくれたのであった。

「そろそろ出ましょうか。美高さん、大阪城に行ったことがある？」

「いや、ない。熊本城より一個一個の石垣が大きいという話しは聞いているけど、僕は西郷隆盛が破れなかった熊本城が日本一のお城だと思っているので、行ってやはり大阪城が上だと認めたくないという気持ちがある。大阪には何度か来ているけどこれまで大阪城を是非見ておこうという気にならなかった」

「この時間だとお城には登れないけど、大阪城公園の散歩ならできるわ。私はあなたと二人で少し歩いてみたいの」

「そうしよう」二人は肩を並べて大阪城公園の中を歩いた。

ホテルでは専ら美紫緒の話を聞いたので、この散歩では颯が研究している行政法の概略を語り、颯が取り組んでいる課題についての颯自身の問題意識を話した。彼女は颯がどういう研究をしているかに強い関心があったので、興味深そうに聞いてくれた。

少しでも長く一緒にいたい颯は、大阪城公園駅から共に電車に乗り梅田まで見送ることにした。梅田で彼女が改札口に入り、電車に乗り込むまで、改札口の外で立ったままずっと彼女を見ていた。彼女も颯の視線を背中に感じたらしく、何度も振り返って颯がまだいることを確認し、目が合うと颯は手を挙げ、彼女も手を挙げて微笑んだ。

颯は梅田で美紫緒を見送った後、梅田の阪急デパートの地下で夕食用の弁当を買い、ホテルに帰った。ノートに二十一年ぶりの再会の感激の思いを記した。その後、恋に浸《ひた》った頭を法律の世界に切り替えるために持参した論文の抜き刷りを読んだ。

夜、テレビを見ながらデパートで買ってきた弁当を食べ、土曜と日曜は神戸大での学会に出た。これまでは学会が日曜日の夕方に終わると、すぐに新幹線に乗って帰京していたが、今回はあと一泊することにした。というのは、美紫緒との別れ際に「月曜日に電話する」と約束したからである。東京に帰って翌日の月曜に電話することもできたが、妻の面前で電話することはできないし、朝から車で少し遠くの公衆電話ボックスまで出かけるのも不自然である。日曜日も大阪に泊れば、月曜は朝からゆっくり電話で美紫緒と話をすることができる。そう考えて、日曜の夜もホテルに泊まることにした。

早起きして朝の九時に美紫緒に電話して二時間近く話をした。電話の向こうで美紫緒が突然絶句し泣きだした。「泣いているの?」と聞くと、彼女は涙声で「あなたが優しいから」と言った。

颯は驚いた。人は単に「優しさ」で泣くことはない。この時も普段通りに話していた。美紫緒の心に何が起こったのか、すぐには理解できなかった。彼女は泣きながら声を絞り出すように「夫はいい人なのよ」と言った。それ以外の言葉はない。

美紫緒は昨日、二十一年ぶりに再会して颯が自分をどんなに深く愛してきたかを十二分に感じた。それ以上に、自分もまた颯を心底から愛していることを気づかずにはいられなかった。彼女は激しい颯への愛情の再燃と世間的常識の間で揺れていた。世間的常識とは、一度結婚したら離婚せずに添い遂げるべきだとか、好きな男ができても不倫は不可などである。しかし、気持ちが憲一から離れ、颯に傾いていることは自分でもはっきりと自覚していた。

今朝、約束通り電話をかけてきてくれた颯の弾む声を聞いて、彼女の気持ちは逡巡《しゅんじゅん》に耐えられなくなり、理性は壊れんばかりに動揺し涙が溢れだしたのであった。颯の言葉を聞くうちに、颯への愛情が急に噴き出し遂に常識と恋情のバランスが崩れて泣き出してしまったのである。

颯への愛情がすごい勢いで溢れだし、夫はその勢いに流されて消え入るばかりになっていた。自分から消え去ろうとする夫に対する憐みが「夫はいい人なのよ」という言葉を吐かせたのだった。

美紫緒が涙を流したのは颯の語った具体的な言葉に刺激されたのではない。四月に颯から手紙を貰って以来、ずっと青春時代からの自分の人生を顧みて、自分の見合い結婚は誤った選択だったと考えた帰結であった。

二十一年ぶりに逢ってみると、颯は学生時代とは別人のように素敵な男に成長していた。四時間以上も夢中で語り合った。美紫緒の気持ちは大きく揺さぶられた。美紫緒は久しぶりに、否、近年こんなに真剣に夢中に話をしたことはなかった。颯の手紙の言葉が真実であり、この人は本当に自分を愛していると確信することができた。

とりわけ彼の目的を聞くと「一緒に暮らすことだ」と即答したが、自分を夫から奪う積りだというのは本気だと感じた。そんなに私を愛しているのか。これまで男からこんなに深い愛を感じたことはない。

颯は言った。

「二十一年ぶりに再会したあなたは昔と変わらず美しい。僕の最愛の女性は若い頃の美貌と優しい性格を維持していただけでなく、大人の婀《たおや》かさが加わってより魅力的になっている。それに二十一年たってもあなたは少しも世間ずれせず、昔のままの正直さと良識が生きている。僕にとって、美紫緒はずっと理想の女性であり生き甲斐だった。あなたと会えなかった二十一年間、いろんな女性に出会ったが、あなた以上の女性には会わなかった。あの頃、美紫緒は僕の世界観になったと言ったことがあるけれど、二十一年ぶりに再会した今も、その気持ちは全く変わらない。僕はあなたに会うために生まれてきたようなものだと思っている」

美紫緒の中に眠っていた「未燃焼」の恋愛に火がつき颯への愛が激しく駆け巡っていた。暫くすると彼女は泣き止んで冷静さを取り戻した。

第三章

初恋の頃

戦後は男女共学が建前とされたが、熊本の高校では事実上男女別学であった。勉強中心の高校時代を過ごしてきた少年少女にとって、春は受験の呪縛から解放されると同時に、中学時代の異性との再会と恋の始まりの期待の膨らむ季節でもあった。大学入試が終わった後、中学の同窓会の多くがクラス毎に行われた。

国立大第一期校の入試が終わった数日後の昼過ぎ、百木龍太が颯の家を訪ねてきた。用向きは八組の同窓会を開きたいが、坂崎修が反対して話が纏まらないので何とかして欲しいということだった。事情を静かに聞き終わると颯は「分かった」といい、すぐに自転車で坂崎の家に向った。

百木の動機は、何よりもクラス一人気のあった吉永美紫緒に会いたいということに尽きた。坂崎の家を訪ねるのは、中学の時以来であったが、彼は満面の笑顔で迎えてくれた。

彼が第一志望の大学に失敗したことは聞いていたので、拗ねた感情があると話しにくいと思っていたが、坂崎にはそういう屈折はなかった。母子家庭で育った彼は、大学に行ければ御の字という意識であった。お互いの近況を語り合った後、率直に百木から頼まれた同窓会のことを切り出した。

「美高も一緒に来てくれるとだろう」

「来てくれというなら、喜んで付き合うばい」

「そんなら協力せん訳にはいかんな」

これで話はついた。坂崎は同窓会に反対していたのではなかった。百木とのいざこざの痼《しこ》りはもう消えており、彼も美紫緒に会いたいといった。驚いたことに「美紫緒は俺に惚れとるけん、必ずくるはずたい」と付け加えた。

百木は坂崎の家に近い山辺の家で待っていたが、坂崎と話がついたことを伝えると、喜びを爆発させて笑顔になった。百木は坂崎との話し合いの詳しい中身も聴かず、「今から吉永の家に行こう。一緒に来てくれ」と言った。

颯も山辺も別のクラスだったので、本来なら百木一人で彼女の家を訪ねるべきであろう。会ったこともない女性の家に、二人が同道するのは筋が通らない。その上、具体的な計画の中身は何も決まっていない。

「もう少し同窓会の日程や内容を練ってからの方が、よかつじゃなかか」と颯がいうと、「吉永が参加することを確かめた後でよか」という。

百木にとって、そんな問題はどこかに飛んでしまっており、あるのは彼女に早く会いたいという気持ちだけであった。二人は百木に同道することにした。

百木は三年生のクラス分けで八組となったが、たまたま最初の席が美紫緒の隣だった。彼女は毎朝気軽に「おはよう」と声をかけてくれた。百木はそれまでクラスの女子と話したことも、話しかけられたこともなかったので、新鮮で嬉しい経験であった。百木は高値の花と思いつつも、学校に行くのが楽しみになった。

百木は背が低く、黒縁の眼鏡をかけた平べったい丸顔に、どっしり座った鼻と厚い唇をしていた。勉強はよくできたが、自己主張が強く好き嫌いがはっきりしており、成績のよくない子に平気で軽侮の態度を示した。協調性に欠け、ちょっとした議論でもよく級友と衝突して引き下がらず痼《しこ》りが残った。

熊本城の天守閣に登ると、眼下に美高の母校藤園中学が見える。藤園中学は、昔から熊本市街の中心を占める三つの小学校を校区としていた。熊本城をはじめ熊本県庁、熊本市役所、熊本日日新聞社、朝日新聞等の大新聞の熊本支局、最初の民放テレビ放送局であるRKK、当時の五大都市銀行の各支店、デパートなど、政治経済の中心は藤園中学の校区内にあった。この頃は未だ職場と住居が分離しておらず、下通《しもとおり》、上通《かみとおり》は商業の中心であるとともに居住空間でもあったため、生徒数は一クラス五十四、五人で一学年十クラスを超え、富裕層、知識人層の多くが住んでいた。

美紫緒は五百名余の生徒の中で、いつも学年トップの成績をとる最優秀な子だったが、朗らかで気立てが良く、立ち居振る舞いは凛々しかった。頭の良さを鼻にかけることもなく、クラスの誰にでも分け隔てなく親切に接するので皆から好かれていた。

百木はもともと純粋な少年であった。彼が医学部受験を決めたのは、美紫緒が「将来は医学部に行く」と言ったからである。龍太はこの言葉を信じて、中学時代に医学部に行こうと決心し、高校の三年間必死に勉強した。医学部で再び彼女と机を並べることが夢であった。

美紫緒の家は熊本市の西方の高麗門裏町と呼ばれる坪井川沿いにあった。道路を隔てた北側に、鉄筋八階建ての病院があり、南側に自宅があった。

百木は同窓会が事実上決まったことで気負い立たち、空勇気を奮って吉永家の門の呼び鈴を押した。三人は勝手口から応接室に通された。お手伝いさんは「美紫緒さんはすぐに来られます」といって下がった。三人は上座から、百木、美高、山辺の順でソファーに座った。

応接室は広く、高校の音楽室にあるのと同種の一メートルを超える高さの大きなトリオのステレオが左右に置かれ、調度品は落ち着いた上品な茶系に統一されていた。ステレオの横に色鮮やかな生花が置かれ、壁には油絵が架けてある。三人はこれまでこのように見事な応接室を見たことがなかった。百木は豪華な応接室に圧倒され、委縮し急に大人しく口を噤《つぐ》んでしまった。山辺はもともと寡黙な人物で黙って座っていた。物怖じしない颯は、早く美紫緒を見たいと聊か気持ちが高揚するのを覚えた。

応接室は南向きで、大きなガラス張りの引き戸の外に芝生の庭が広がっていた。庭の南端は数メール下に坪井川が流れており、庭の縁には一メール程の鉄柵が設けられ剪定された西洋つつじが陽の光を浴びて輝いていた。

坪井川は、熊本市の北部の豊富な湧水量を誇る八景水谷《ハケノミヤ》を主たる水源とし、有明海に至る二級河川である。この川は八景水谷《ハケノミヤ》から南に向かい、熊本城の東側を回って西に折れて流れるので、熊本城の東と南の外堀の機能を果たしている。江戸時代には船も通る水量を誇ったようであるが、現在の水深は二メール弱のゆったりとした流れである。

吉永邸は、坪井川に面した南側を除くと、北と東と西側は低い石段の上に生け垣として剪定《せんてい》された貝塚伊吹が植えられていた。庭は生け垣と芝生の間は煉瓦で区切られた花壇になっていて、季節ごとに種々の花が咲くように作られており、応接室からは紫と白の一群のクロッカスが見えた。

少したって、美紫緒が応接室に入ってきた。

淡い紫色の絹のブラウスに同色のフレアスカートが、細身のすらりとしたプロポーションに上品に映えている。小さい顔には、二重瞼の優しい切れ長の目と整った形の鼻、美しい唇、笑顔とともに零れる歯は白く清らかであった。光沢のある黒髪は肩にかかり、白い肌を引き立たせている。清艶な爽やかさが匂い立つような美しさであった。

「こんにちは。お待たせしました」

美紫緒は、颯の真向かいに座った。百木がまず二人を紹介し、それぞれ自分の苗字を名乗った。百木は三年ぶりに女らしく成長した美紫緒の美しさに初対面のような緊張を覚え、硬い口調で「八組の同窓会を開きたいと思って相談にきました。参加してくれませんか。マイクロバスを借りて阿蘇に行こうと思って……」と訪問の趣旨を述べた。

「みんなにも会いたいと思っていたところなの。もちろん行きますよ。阿蘇に行くのは久しぶりだわ」

百木はこの言葉を聞いて、思わず「ああ良かった」といった。だが、まだよそよそしい言い方から脱することができないでいた。この同窓会が颯の尽力で決まったことには触れなかった。百木は中学時代の彼女のイメージと、目前の美紫緒の成長した美しさとの落差を、自分の内部ですぐに埋めることができずに戸惑っていた。

かつて短かった美紫緒の漆黒の髪は長い首を隠して肩近くまで伸び、色白の顔の肌艶は柔らかい光に輝いていた。ソファーに腰掛けるしなやかな動きには、色香が漂いすっかり女らしくなっていた。百木はあたかも違う女性が、目前に現れたかのように感じた。そのため緊張と憧れが混在し、次に何を話したらいいか言葉がでてこない。一瞬の沈黙が訪れた。

「こういうのをフランスでは、天使が通るというのだよ」颯はそういって笑い、話題を美紫緒への質問に切り替えた。初対面なので標準語で語りかけた。熊本弁では馴れ馴れしいと思ったからである。

「もう受験は終わったのですか」

「ええ、女子美術大学に行くことにしました」

「それはおめでとうございます。そうですか。絵が好きなのですか」

「いえ、美術の方ではないの。工芸学科なのです」

「工芸学科って何をするところなのですか」

「私は染色に興味があるの」

美紫緒と颯が出会ったのは、この時が初めてである。中学の三年間、校内のどこかですれ違ったことがあるかも知れないが、お互いをはっきり認識したことはない。

応接室に現れ颯の正面に座り、二人の眼があった瞬間、美紫緒には颯がまばゆく引き立って見えた。瞬時陶然としたが、彼の眼を見つめながら話した。

颯をみつめる彼女の眼差しは優しく、艶のある声は透き通って心地よい。朗らかな笑顔から真っ白な歯並びが零れる。美紫緒は美しいだけではない。不思議な魅力に満ちていた。颯は心の扉を開けられたと思った。

美紫緒も見つめ合った瞬間に通い合うものを感じた。二人の眼差しはお互いの心の奥深くまで届き、自分が溶け込むような感覚を覚えた。この柔らかく優しい一瞬の気持ちの交流は永遠の詩のように後々まで、彼らの脳裡から消えることはなかった。

お手伝いさんが来て、「紅茶にしますか、コーヒーにしますか」と美紫緒に尋ねた。

美紫緒は颯の目を見て「どちらにしますか」ときいた。「コーヒーがいいな」他の二人も異を唱えなかった。

颯は続けて美紫緒に訊ねた。

「染色のことは何も知らないけど、工芸学科では自然染料のほかに化学染料もやるのですか」

「入学後のカリキュラムについては、まだ何も分からない状態なの。ただ私はクラフトに興味があるので、自然からどのような色を絞り出すかの方が面白いと思っているの」

「自然染織というのは、植物を原材料に素材の糸を染めることなのでしょう。桜のピンクでも花びらからではなく、皮の樹液から色をとるそうですね。ということは、樹木は自然の一つだけど、樹皮の内側の樹液には人目に触れない未知の色が秘められていることになる」

「そうなのよ。よくご存じですね」

「つまり、染色の根底には、植物と人間の纏《まと》う衣装を繋ぐ原理があることになりますね。その原理を学ぶのが染色ということですね。もちろん技術を身につけないと、現実の色彩は世にでてこないのでしょうけど。だから原理と技術は表裏一体ということになると思うのですが」

美紫緒は頷きながら眼を逸らさなかった。颯も彼女の目を見つめながら語った。

「染色の創造性は自然の素材からどういう色を引きだすかにある、ということだとすると、クラフトという言葉には、ほんらい原理と技術が含まれていることになりますね。人間の力で衣食住の衣を、いろいろな色で染上げるのですから、そこに在る創造性はまさに芸術の領域ということですね」

「そうなのですよ。その樹木からどんな色がでてくるのか、それをどうやって糸に染め上げるのか、染めた糸をどう織るのか。そういうことに興味があるの。美高さん、いろいろご存知なのですね」

「いやいや僕は何も知りません。ただ源氏物語を読むと、登場人物の着物の色や薫物《たきもの》のことが、必ず触れてありますよね。どうしてそんなに色や薫《かお》りにこだわるのか最初はよく分からなかったのです。女性が書いたからかなと思ったりもしましたが、よく考えるとそうではなくて、着物の色が身分を表しているからなのですね」

「私なんか源氏物語は古文の教科書で、ほんの少し読んだだけですけど、美高さんは全部読んだのですか」

「谷崎潤一郎の訳で読みました。古文は自在に読みこなせませんから。吉川幸次郎や正宗白鳥は、ウェイリーの英訳で読んだそうです。現在はサイデンステッカーの新英訳がでていますが、ウェイリー訳の方が枚数が少ない」

「それで、源氏物語と染色の続きを聞きたいわ」

「平安時代の社会は、貴族が統治する身分社会ですからね。当時、身分は人間のアイデンティティーそのものなのです。身分を細かく分けることで、社会秩序を作り維持していた。だから人がどんな色の着物をつけているかは、最大の関心事ということになる。その意味で、染色は社会構造と深く結びついていたということです」

「なるほど。そうなのですか」と美紫緒。

「衣服の色を身近な植物から取り出すというのは、人間の知恵が生み出したものですが、知恵も思想も生活の中から生まれるものなのですよ。近代社会では、身分に代わって個人に光があてられます。いわゆる個人の発見です。そうすると染色の意味も変わってこざるをえませんね。明治維新で欧米文化を受容した日本では特に」

「え、どういうことですか」

「つまり、近代社会では人が纏う衣の色彩は身分ではなく、個人を表象するアイデンティティーの一部ということになります。社会の原理が変わると、染色は個人の創造性に重点が移り、芸術の意味を帯びることになる訳です」

お手伝いさんがコーヒーをもって入ってきた。

「どうぞお上がりください」と美紫緒がいった。

颯は最初に砂糖を少しいれ、次にミルクを注いで、一口飲んで続けた。

「僕は大学で法律の勉強をする積りなのですが、法律の制定過程はクラフトの典型みたいなものですよ」

「もう少し易しく教えて」

「法律の基礎は市民社会のルールですからね。つまり人間社会には争いがつきものですから、争いを解決するためには、ルールが必要です。個別の事案を解決するごとに、ルールが集積していくことになりますが、それが法律なのですよ。もちろん社会全体に係る問題を解決するためのルールも必要ですが、基本は私人間の個別的な紛争解決のルールにあるのです。植物の素材からどんな色を引きだすかに、染色の原理があるとすれば、法律も社会という素材からルールを引きだすのですから、染色の原理と同じようなものだということになりますね」

「なるほどそうなのですか。勉強になったわ」

颯はコーヒーカップに眼をやって話題を変えた。

「ロイヤルコペンハーゲンは大好きです。上品な色ですね。器でコーヒーも旨くなる」

そこへ、美紫緒の母親の光沢《つや》が着物姿で応接室に現れた。淡い香色の柔らかな縞紬に金銀糸入りの組帯を上品に着こなしている。彼女は四十一歳になったばかりで色香の漂う美しさであった。

「よくいらっしゃいました。出かけていたので失礼しました」

腰を曲げた挨拶は、とても品があって親しみやすい感じを与えた。真率な人柄がでていて、颯はひと目で気に入った。光沢は美紫緒の隣に座った。

「みなさん受験が終わってホッとしているところですね。美紫緒ちゃん、紹介してちょうだい」

光沢は笑顔を見せながら、三人の若者を見定める視線を内に秘めていた。

美紫緒は、まず百木の名前をいうと、彼はぺこりと頭を下げた。次いで「こちらが美高さん」、颯が「美高です」と背筋を伸ばして頭を下げ、光沢の目を直視した。光沢は美しい目力に圧倒されながら、落ちついた声音が耳に響く心地よさと、頭の下げ方から育ちの良さを感じとった。

「あらあなたが美高さんですか。卒業式では答辞を読まれたそうですね。川島さんが素晴らしかったと褒めていましたよ」

颯が怪訝な顔をしていると、「太郎ちゃんのお母さんの貴子さんとは、五福小学校から第一高女まで同級生なのです。とても仲がよかつたい」

川島太郎の母親の貴子は、副島外科医院の長女で女学校のときから評判の美人だった。

貴子の方も息子の友達の中で、颯が最もお気に入りであった。颯が川島の家に遊びに行くと、いつも果物やお菓子で歓待してくれた。太郎の話では、颯がくるときはなぜかインスタントコーヒーではなく、豆を挽いたものがでるという。

「そうですか。小学校からのお友達とは、初めて知りました。川島は京都大学の発表待ちですが、先日、早稲田の理工を受けたときは、僕の兄の所に泊まったのですよ」

「そうでしたか。京大も受かるといいですね。主人も京大ですから、後輩になるですたい」

颯は、美紫緒の父親が京都大学の医学部卒ということを初めて知った。

「川島は受かりますよ。優秀ですから」

「美高さんは、生徒会長としても活躍されていたそうですね。あなたの評判はあちこちで聞いとりますたい」

颯はこの言葉にも驚いたが、光沢の気取らないもの言いにも親しみを覚えた。

光沢は娘の母親として、初めて家にやってきた男子のことを知っておきたかったのであろう。

「美高さんは、どこの大学に行きなはっとですか」

「慶應に受かりましたが、今年は浪人します」

「あら潔かことですな」

光沢は、百木と山辺には同じ質問をしなかった。

百木は主役の座を奪われた気がしたが、何よりも美紫緒が自分よりも明らかに颯に興味を示したのが気になっていた。しかし、もともと自分が同窓会の開催を颯に依頼し、また一緒に美紫緒の家に付いてきてもらったのであるから、文句をいう筋合いでないことも分かっていた。

颯を同道すれば、話題の中心が彼になることは予想できた筈である。颯の計画を練ってから行った方がいいというアドバイスを聞かず、また颯が「俺は行く理由がない」といったのに「ついてきてくれ」と強引に誘ったのも百木である。

美紫緒は同窓会に行くといったので、結果として百木が満足したことも確かだった。しかし、このまま居ても仕方がないと思って、やや強引に辞去の口火をきった。母親に向って、「そろそろ帰ります。どうもお邪魔しました」といい、美紫緒に対しては「阿蘇旅行の具体的な日程は、また連絡します」といった。

光沢は、颯の目をみて「また遊びに来てくださいね。靴は玄関に用意させましたので、此方からどうぞ」と親しみを込めて言った。靴は勝手口から広い玄関に移してあった。颯はこの言葉に親しみのこもった好意を感じた。

吉永邸を辞去した帰り道、百木は主役を颯に奪われたことよりも、三年ぶりに女らしく熟した美紫緒に会えたことの満足感に浸っていた。

「颯ちゃん、今日は有り難う。阿蘇には二人とも一緒に来てくれ」

「ああ、よかよ。さっきも言ったけど、坂崎も俺が行くのが条件だといったけんな、行かん訳にはいかんたいね。日時が決まったら連絡してくれ」

山辺は唐突に「吉永は胸が大きかったね」と言った。

百木は「あ、そうや。自分な、ようそぎゃん所を見とったな。俺はまったく気付かなかった」といった。颯も「俺もそこには気づかんだった」といった。

三人が帰ったあと、美紫緒は母親に眼を輝かして言った。

「美高さんみたいな人が、藤園中にいたなんて、知らなかったわ。美高さんは何でも知っているのよ。頭の回転も速いし、あんな人は見たことないわ」

「そうな。私は貴子さんから何度か名前は聞いとったたい。初めて見たばってん、武者のよか人な。彼女が褒めるはずたい。お兄さんは二人とも東大だというけん、頭のよか家系たいね」といった。

「あ、そうなの。初めて会ったばっかりだから、私は何も知らないのよ。阿蘇にも来てくれるのかな」

光沢は美紫緒が少し上気しているのを見て、娘の彼への好意を強く感じた。

美紫緒は小学時代も優等生だったが、成績に順位がつく中学以降は常に学年でトップの成績をとった。父の明寿は将来自分の医院を継がせようと思い、中学の頃から時おり手術室に美紫緒を入れて、手術の様子を見学させていた。メスを入れ血が出るのを見ても彼女は怖いと言わず、疾病の詳しい説明を訊くような子であった。

明寿は父の内科医院を継がず、自力で泌尿器科を開業する道を選んだが、苦労の連続であった。美紫緒は子供のときから、傍で父母の奮闘する姿を見てきたので両親を心から尊敬していたし、自分も医師になって父の役に立ちたいと思っていた。中学になると、父が医師になることを望んでいることがはっきり分るようになったので、医学部に行くことは自分の中で既定路線となっていた。

両親の苦労は実を結び医院は病院になり、常勤医師を抱えるまでになり、父も母も益々多忙になった。美紫緒が小学生の頃までは、日本の多くの家庭がそうだったように、畳の座敷に丸い座卓で食事をした。仲の良い両親と三人の子供で囲む夕餉は、笑顔と希望に満ち連帯感に溢れていた。美紫緒には自分も一人前になって、父の役に立ちたいという目標があった。後年、美紫緒は「この時代が一番充実していて楽しかった」と颯に語ったものである。

病院と別に住居が新築されると、洋式のリビングルームが設けられ、丸い座卓は洋式テーブルに変ったが、医師になって欲しいという父親の期待は少しずつ変化し始めた。もともと大正生まれの明寿には、頭のいい女は妻として敬遠されるという古い観念が根強く残っていた。大切な娘を医師にして苦労させるよりも、経済的にも安定する医師と結婚し専業主婦になる方が幸福ではないかと思うようになった。そのため父が美紫緒を手術室に招き入れることもなくなった。

その背景には順調な病院経営という状況の変化や、弟の明夫の成長があったが、父の口から医師になって欲しいという言葉も次第に聞かれなくなっていった。医師になって「父の役に立つ」という彼女の志は、父の期待という支えを失ってしまった。果たして大学受験が近づくと、父も母も「自分の好きなことをやりなさい」というようになった。

美紫緒の医師への志は、女も仕事を持つべきだという信念に発したものではなく、両親の期待に応えることに力点があったので、病院経営が安定し父の期待という支えが無くなると、目標喪失感に襲われた。医学部に行くなと言われたわけではないが、「自分の興味をもてることをやればいい」と言われて戸惑った。彼女は医師になりたいという強い信念が自分にないことに気づくと同時に、父の自分に対する期待と希望の方針変更で、自分の進路の道筋が見えなくなってしまった。

父が医院を立ち上げた頃は、父と母と自分の間に将来に対する情熱の共同体ともいうべき強固な絆があったが、いつの間にか自分だけがその絆から外されていた。彼女の疎外感と喪失感は大きかった。次第に学校の勉強にも熱が入らなくなった。

日本の社会では、医師は一般的に安定した高収入を得られ、世間から一定の尊敬を受ける職業である。父も母も単純に自分たちの味わった苦労をさせたくない、医師と結婚して経済的に豊かな専業主婦生活を送ってもらいたいと思ったに過ぎない。彼女の意志や希望を挫くつもりは毛頭なかった。

美紫緒にとっては、しかし、幼い頃から自然に培われてきた「医師になって父の役に立つ」という志が、外側から切り崩されたに等しかった。両親は美紫緒の内面の目標喪失に露ほども気付かなかった。

中学時代から、友人にも医師になると公言してきた美紫緒にとって、彼女の意志を確かめることなしに行われた両親の一方的な方針転換は、彼女自身の反発を呼ぶほどではなかったものの、気持ちの奥底に痼りを残した。

美紫緒が結婚適齢期になり、医師とのお見合いの話が持ち込まれると、彼女は頑としてこれを聞き入れなかった。明寿も光沢もその理由が分からなかった。幼い日からの「医師として父の役にたつ」という彼女の意志を挫かれたのに、唯々諾々と医師との結婚を承諾することは、彼女のプライドが許さなかった。美紫緒の気持ちの中には、医師への志を他律的に挫かれながら、経済的に恵まれているという理由で医師の妻になるなど絶対に嫌だという気持ちが深く根を張っていたからである。

この当時、女子の結婚年齢は現在とは較べものにならないくらい早く、また大卒の同級生の場合、ほとんどが見合い結婚であった。良家の子女の場合、一般的にいって、大学に入って一、二年もすると、見合いの話が持ち込まれた。三年生になると頻度があがり、実際数度の見合いが行なわれるのが常であった。

医師との結婚を幸福切符のように思っている女性たちと違って、美紫緒は医学部に合格する能力を十分にもっていた。医師と結婚して安泰な生活をしようと考えるような気持ちは、微塵もなかった。

両親の「大学では好きなことをやればいい」という示唆に対して、彼女はまず視野を広めるために東京の大学に行こうと思った。女子の大学進学率がきわめて低かった時代である。第一高校でも、当時大多数が四年制大学であれば、熊本大学や県立女子大学に進学した。県外の大学を希望する場合も、女子大が主流であった。当人たちも進学は嫁入り道具と思っている人が多く、勉強のできる子でも短大でいいという人がたくさんいた。

東京の女子大となると、美紫緒の成績からみてお茶の水女子大か、津田塾大が狙いどころであった。職業として学校教師になる気のなかった彼女には、女子高等師範学校を起源とするお茶の水女子大には、端から興味がもてなかった。

中学・高校の先輩に、津山塾大学の藤木蓉子がいた。光沢の勧めもあって彼女の家を訪ねて、津田塾の話を聞くことにした。蓉子は、中学時代から藤園中学校区では、知らない人のいない程有名な秀才で、彼女は第一高校に首席で合格し卒業まで一度も首席を譲ったことがなかった。美紫緒は彼女と話をしたことはなかったが、蓉子が桁外れの秀才だということはよく知っていた。内心ライバル視する気持ちがなかったとはいえない。

幸い家も近かった。光沢が電話をすると、ご都合のいい日にどうぞということだったので、父と二人で訪ねた。蓉子と話をするのは初めてだった。気取ったところのない正直で気さくな人だと思った。

蓉子は訊かれたことは何でも親切に教えてくれた。蓉子によれば、創立者の津田梅子を尊敬していたのが選択の第一の理由であったが、蓉子の父の弟が旧制五高から東大法学部に進み、その妻が津田塾の英文科をでていて、その人からの影響もあったという。蓉子の兄は同じく旧制五高から東大法学部に進み、学徒出陣で戦場の露と消えた。明寿は蓉子の叔父や兄が、自分と同じ五高出身と聞いて親近感を覚えた。

蓉子の場合、卒業後は高校の英語教師になるという目標が明確だった。英語で聖書を読む授業の話などを聞くと、美紫緒は蓉子が自分にはない明確な目標を持ち、英語に対する情熱が強いと感じた。

当時フェミニズム思想は必ずしも人口に膾炙《かいしゃ》しておらず、保守的土壌の強い熊本では、第一高校でも女性の権利を強く主張する者は皆無だった。蓉子もフェミニズムには関心がなかった。

当時津田塾大学英文科は、津田梅子の女子教育の理念に加え、募集人員が少なかったこともあって、熊本高校からも毎年一名受かる程度であり、第一高校からはたまに合格することがある程の難関であった。卒業時にはみんな英語が喋れるようになることも知られており、かつては「女の東大」ともいわれた。津田塾大学卒業後、東大に入学して有名になった女性も多い。「タテ社会の人間関係」を書いた中根千枝教授は津田塾大卒で東大初の女性教授である。同じく森山眞弓も津田塾大卒業後に東大に入り直し法学部を卒業しキャリア公務員となり文部大臣、法務大臣、内閣官房長官などを歴任した。

女子高生の間では、津田塾のブランド力は強く、受かっただけで尊敬を集めた。美紫緒は職業選択という意味でならば、津田塾よりも熊大の医学部の方がいいと思った。彼女は教師になりたいとも、英語を使った仕事に就きたいとも思わなかったからである。しかし、東京にでると決めた後は、両親の示唆した「好きなものを学ぶ」という基準で考えるようになっていた。

いろいろ考えに考えた末、女子美術大学の染色科を選択した。女子美術大学は、一九〇〇年に津田塾大学の前身である津田英学塾、東京女子医学校と共に女子美術学校として創設された日本で最も古い女子大学の一つである。

美紫緒にとって、受験勉強から解放された喜びは大きかった。東京には美術館は数知れずあり、毎週のようにあちこちに海外の作品が持ち込まれ、いろいろな展覧会が催されている。それらを一人で見に行くこともあるが、友人と一緒に行くこともある。熊本にはないおしゃれなレストランやカフェで、お茶を飲んで話をしたりするのも楽しかった。

颯から貰った初の手紙は嬉しかった。すぐに返事を書きたいと思ったが、いざ書くとなると緊張してなかなか書けなかった。自分の好意を伝えることで、彼の勉強の邪魔をしてはいけないとも思った。彼が自分を好きでいてくれれば、東大合格の暁には必ず会いにきてくれると思った。颯のラブレターに安易に応ずると、彼の気持ちを乱しかねないとも考えた。一年などすぐ終わる。お互いに風雪に耐えなければならない時だと言い聞かせて、自分を励ますのだった。

颯は美紫緒からの手紙の返事を心待ちにしていた。だが返事はこない。半ば諦めの気持ちになった。美紫緒の眼の中にあった自分への好意の芽生えは、幻想だったのか。次第に不安が彼を支配するようになった。自信はなくなり、希望は消え、恋は壊れそうになっていた。

梅雨が始まる頃には、颯の気持ちは益々沈んでいき、恋は木っ端微塵に打ち砕かれつつあった。彼は生来楽天的な性格であったが、気持ちの核心が空虚になるにつれて、浪人などしなければ良かったと思い始めた。未来への希望が次第に萎えていった。東大合格の意志も次第に薄れていき、予備校に行かなかったのは失敗だった、と思うようになった。予備校に行っていれば、他律的な生活のリズムもでき、成績も順調に伸びたであろう。自宅浪人の場合、すべて一人で計画を立て、自律的に勉強のリズムを作らなければならないが、どうしても、想いは勉強よりも美紫緒に向いてしまう。

大学受験予備校壺渓塾《こけいじゅく》に通っていた有泉は、よく図書館や颯の家に会いにきてくれた。東大を目指して頑張っている友人たちの動向も、有泉から耳に入っていた。

　壺渓塾は坪井にあるが、熊本では最も古く実績のある予備校であった。東大を目指して浪人している熊高の連中は、ほぼ全員が壺渓塾で勉強していた。東大を受験する場合、壺渓塾で上位の成績をとっても、合否の基準として当てにならない。東大を目指すのは一握りしかいないからである。熊本高校では、卒業生に実力試験を受けることを許していた。現役時代のように、成績の順番は出してくれないが、点数が分れば、合否の目安はつく。東大文Ⅰであれば、だいたい七三〇点を超えれば合格する。だから、東大、京大、国立医学部などを目指す者は、熊高の試験で何点とれるかが、合否の基準となっていた。

　ある日、颯は有泉に「自宅浪人したのは失敗だったかも知れない」と気弱に言った。

「お前だったら、数学さえ克服すれば合格するのだから、壺渓塾に来ても、たいして意味はなか。授業は熊高と変わらんけんね。英語とかは大学の先生の授業もあるけど、受験英語で学問レベルの話をしてくれるわけじゃなかけん」

　有泉は颯が名うての美女から誘われて、時々デートに応じていることを知っていたが、「お前の弱みはモテすぎることだ。だいたい浪人のくせに、そんなにモテる奴はおらんぞ。お前は根が真面目だから寸止めで、やってはいないようだけど、浪人時代に女に溺れたら目も当てられんからな」と言った。颯はモテることが理由ではない、初恋がすべてを狂わせ始めていると思っていた。

　七月の半ばを過ぎると、東京の大学に行った連中が夏休みで熊本に帰ってくる。前田純子は中学時代二年間同じクラスだったが、当時はほとんど口をきいたことがなかった。川島が京都大学工学部に受かった翌日、颯の家に来て明日前田の家に行くから付き合ってくれというので、「よかよ」と応じ、一緒に彼女の家を訪ねた。彼ら二人はお互い惹かれあうことはなかったようで、四月に上京後、彼女から颯に手紙がきた。颯は川島に気を使い、返事を書いていいかと問い合わせると、何の遠慮もいらないということだった。

純子に返事を書いて以降、彼女から毎週手紙が届くようになった。大学のこと、日常生活のこと、読んだ本のことなどなど平凡な話題であったが、真面目な性格が窺われた。颯は毎週くる純子の手紙にすぐ返事を書いた。いろいろなことについて気楽に書いたが、彼女は「美高さんの手紙は、中身が濃いのでいつも二、三度読み返す」という。純子は颯が自分の好意を素直に受け入れてくれていると思っていた。

颯は純子の手紙について、深く考えたことはなかった。まして彼女が自分に好意をもっているとは知らなかった。むしろ純子は自分が彼女に対し格別の恋情を持っていないことを知っており、誤解される心配がないと考えて手紙を寄越すのだと思っていた。しかし、これは女性経験のない颯の誤解であった。颯は後に彼女から真情の告白を受けることになる。

純子は幼い頃から美少女で、目が大きく色が白く髪は少し重い茶系の感じがした。細身でプロポーションもよく、胸は巨乳ではないが形よく盛り上がり、脚もすらりと伸びていた。性格は地味で大人しい誠実な娘であった。颯は目立たない控えめな所に好感をもっていたが、それ以上の魅力を感じたことはない。

純子は三年ぶりに川島とともに自宅に来た颯を見て驚いた。中学時代の丸坊主から少し長めの黒髪が艶やかに光り、背も伸びていてまるで別人に思えた。二重瞼の清爽《せいそう》な目は自信に満ちた輝きを放ち、少年を脱した色白の顔は際立って美しい。ニットのセーターを着た首筋から肩と胸にかけての筋肉質の曲線には、色気が漂っていた。純子はゾクッと戦慄が身体を走るのを感じ、均整の取れた体躯《たいく》に触ってみたい衝動さえ覚えた。

純子からの手紙に七月二十九日に帰熊するので、是非会いたいとあった。帰熊すると、すぐに颯に暑中見舞いの葉書を書き、「昨日帰熊しました。よかったら電話をくれませんか」と書いてあった。颯が電話すると、電話口の純子は開口一番「美高さんに会いたかったつよ」といった。熊本弁で親愛の情を示そうとしていることが伝わった。月曜の午後に、上通の喫茶店クレモナで会うことになった。

颯は約束の時間より少し早く着いたが、席に座って間もなく純子が現れた。柳色のワンピースに素足が見えるベージュのサンダル風の踵の高い靴を履いていた。眼が合うとにっこり笑顔を見せた。純子は「今度は外で会いたいわ。熊本城内の樹木園に行きませんか」と言った。自然の中で話がしたいというのである。「いいね。久しぶりだな」と応えた。改めて日を決めることにしたが、二時間もったので、二人はクレモナを出て、上通を彼女の家の方向へ並んで歩いた。

ちょうど同じ頃、美紫緒と父の明寿はクレモナの四十メール先にある長崎次郎書店で新聞の書評欄にでていた本を買い、そのあとホテルキャッスルに行く積りであった。美紫緒が大学に入学して初めての帰省なので、二人で外出し久しぶりに東京の話などを聞きたいと思っていた。

純子と颯が、長崎次郎書店の前を通り過ぎようとしているとき、本を買い終えた父親と美紫緒は書店を出るところだった。ほんの数秒タイミングがずれていたら、美紫緒と颯は顔を見合わせたに違いない。あるいは颯が少し書店の方に顔を向けていたら、お互いに確実に目があっていたであろう。

純子と颯が目の前を歩いているのが、美紫緒の目に入った。純子の顔は右側を歩く颯の方に向けられており、美紫緒の位置から表情は見えなかったが、何か語りかけている横顔には楽しそうな雰囲気が感じられた。颯は正面を向いていて、何も読み取れなかった。

美紫緒は衝撃を受けた。ドスンとおなかに重いものが入った感じがした。

「美高さんが前田さんと歩いている！」思考が止まって何も考えられない。

明寿は書店を出て、ホテルキャッスルの方向へ歩を進めた。美紫緒は黙って横についていたが、気持ちは凍り付いたままであった。横を歩く父親は、美紫緒の柔和な表情が消え、強ばったことに気づかないまま、買い求めた本の新聞の書評の話をしていた。美紫緒には、その話がまったく耳に入らない。

ホテルキャッスルに着くと、父親はメニューを見ながら、

「何にする？」

「私はコーヒーでいいわ」

父親は顔を上げて、美紫緒の顔色が悪いことに気が付いた。

「気分でも悪いのか。具合が悪いならすぐタクシーで帰ってもいいよ」

「いやそんなことないよ」

父の優しい言葉に、少し気が緩んで涙が出そうだった。自分でもどうして平静になれないのだろうと思った。父親は「熱でもあるのかな」と彼女の額に左の掌を当てた。「熱はないようだ」

美紫緒は大好きな父に話してしまおうかと迷ったが、「お父さんには嘘は付けないから、正直にいいます。さっき書店を出る時、好きな人を見たの」と話し始めた。

明寿は娘の口から、「好きな人」の言葉を聞いて驚いた。これまで聞いたことがなかったからであ

る。「その男は誰なの？」柔らかい口調で訊いた。

美紫緒は最初から説明しないと理解してもらえないと思って、中学の同窓会がクラス内の対立で開けないときに、百木さんが美高さんに頼んで開催できたこと、その折、美高さんは、自分は八組ではないから吉永の家に一緒に行く理由がないと断ったらしいけど、百木さんが強く頼んだので、一緒に付いて来たことを説明し、「私は家の応接間で初めて美高さんに会ったの。ハンサムで頭もいいし、知識も深いし、話も上手で、とても素敵な人なのよ」といい「美高さんのことは中学時代まったく知らなかったの」といった。

「三人の男子が同窓会のことで家にきたことは、お母さんから聞いたよ。それで美高君は、どこの大学に行っているの？」

「慶應に受かったけど、東大文Ⅰを目指して熊本で浪人している。四月に美高さんから手紙をもらったけど、なかなか立派な手紙だったわ。すぐに返事を書く積りだったのだけれど、浪人中に手紙のやり取りはまずいと思って、結局返事は書かなかったの」

彼女は続けて言った。「先ほど、本屋をでる時、美高さんが前田さんと歩いているのを見てドキッとしたの。手紙には私に会って一目惚れしたと書いてあったのに、前田さんとデートしているのだもの。裏切られた感じでショックなのよ」

「なるほど、つまり美紫緒は、美高君が他の女性など何の関心もないと言っていたのに、目の前で二人が歩いているのを見て彼が嘘をついたのではないか、と思った訳だな」

「そうなの。美高さんは私が好きだといいながら、前田さんと一緒に歩くなど許せないのよ」

「お父さんは、美紫緒の考えすぎだと思うな。美紫緒が素敵だと思うくらいだから、美高君はモテるのだろう。それに今日の場合、彼の方から前田さんを誘ったのか、彼女の方から誘ったのかは分からないだろう。前田さんが夏休みで帰省したので、彼女の方から誘われて応じた可能性だってある。もともと前田さんの家に行ったのも、美高君は川島君に頼まれて付きあったのだし。

美紫緒がショックを受けるような話じゃないよ。一緒に歩いていたから、美高君が前田さんと付き合っている、ということにはならないからね。美紫緒に一目惚れしたのだとしたら、美紫緒が返事を書いたり、誘ったりすれば、彼はきっと飛んでくると思うよ。若い時の恋なんてそんなものだ」

美紫緒は父の冷静な見方に触れて、気持ちがすうと落ち着くのを覚えた。

「お父さんありがとう。お父さんの言う通りのような気がしてきたわ」

明寿は続けて、「美紫緒が素敵な人だというのは初めて聞いたけど、うちに来て話を聞いただけで、そう感じたのなら、きっと美高君はしっかりした男じゃないかな。お父さんは美紫緒の目を信用しているから、そう思うよ。一度会ってみたいくらいだ」

父の言葉を聞いて、美紫緒はさすが父の分析は的確だと思ってホッとした。「美紫緒が声をかければ、彼は飛んでくる」といってくれたのは、ことのほか嬉しかった。

初対面のことを思い出しても、彼の自分を見つめる眼は純粋だった。強い情熱の中に優しさもあった。大体手紙を貰いながら、返事を書かなかった自分に問題があったのだと思った。ただ美紫緒は彼の手紙を無視したのではない。東京に居るときも、熊本に帰る電車の中でも、帰熊してからもずっと颯のことを考えていた。美紫緒も会いたいと思った。語り合いたいことはいくらでもあった。一緒に居られたらどんなに楽しいだろうとも思った。来年は合格して東京に来る。私が彼を忘れられないのと同じように、彼だって私を忘れることはないと思いたかった。父の言葉で冷静になると、美紫緒はみるみる元気を取り戻した。

明寿は美紫緒の表情の変化をみながら、この娘は恋をしていると思った。

八月に入って、松井鉄平から合宿を終えて帰熊したので会いたいとの連絡があった。松井には、五月に手紙を書いた。東大の様子はどうかということに加えて、恋に悩んでいるという率直な気持ちを告白したが、彼の返事は「恋と勉強がどうして拮抗するのか僕には分からない」というにべもないものだった。

颯は松井には恋がどういうものか、分からないのだと思った。だいたい恋と勉強が「拮抗する」という感覚からしておかしい。恋は勉強よりも優先されるべきだと颯は思っていた。他の意志を支配するような熱い情熱がなければ、本当の恋とはいえない。恋は「勉強の意志」を排除するから苦しいのである。恋は若者の「志」を害し、「理性」を食い荒らすから厄介なのである。恋の生理が分からない男には、恋の喜びも所詮分からないのだ。

いろいろ考えてみたが、美紫緒の沈黙を自分への拒否の意志と断ずることはできなかった。このまま悩んでばかりいては時間を浪費するばかりで、全てを失いかねない。颯は松井に恋の話はするまいと心を決めて、下通の喫茶店で会った。

久し振りの再会だったが、松井の表情に大きな変化はなかった。この時、松井は初めて自分の受験勉強について語った。

受験の日は青山学院大学に在籍する姉のアパートに泊まったが、試験の最終日が終わった夜、彼は全てから解放されて熟睡し、翌朝小便に行こうと思って立ち上がろうとしたが、立ち上がれなかった。

何とかしようと頑張っても、どうしても立ち上がれない。トイレまで這って行き、何とか用を足した。力が抜けて燃え滓も残っていないと感じた。合格は確信したが、このままでは日常生活も普通に送れない、いつ死ぬか分からないとさえ思った。そこで東大入学後、身体を鍛えるのが先決だと思って、ワンダーフォーゲル部に入った。

松井は受験勉強のことを他人に話すのは初めてだといい、東大に受かるためにはそのくらいやらなければならない、と伝えたかったと言った。熊高でもほぼトップを維持してきた彼は、学校ではいつも涼しい顔をして、自分はガリ勉ではないというポーズをとっていた。それだけに、これまで見せたこともない素の姿を見せたともいえた。真情に触れた気がして嬉しかったのは、そのせいであろう。

松井は生徒会の副会長だったとき、庶務委員長だった一学年後輩の筒井法子と恋の経験があった。父親の転勤で彼女は二年生の四月から大阪の北野高校に転校したが、転校後しばらく経って、颯に法子と付き合っていたこと、へビーキスもしていたことを告白したことがあり、予想もしていなかったことで吃驚《びっくり》したものだった。彼女は美人ではなかったが、笑顔の可愛い娘であった。

転校後も松井との文通は暫く続いていたが、松井の「恋愛と勉強は拮抗しない」という言葉が示しているように、彼は恋の懊悩で自分の勉強が阻害されることはなかった。三年生になると受験に集中するため、彼は法子との手紙の交換を止めることにした。

松井の話は、本気で受験勉強に取り組み始めた颯の背中を後押しするものだった。颯は県立図書館に行くのを止め、自宅二階の十畳の自室にこもって勉強することにした。四月に美紫緒に手紙を書いてから優に四カ月が経っていた。彼を悩ましてきた彼女への想いは何とか封印すべく努めるほかなかった。そろそろ本気で受験勉強に取り組まないと、この一年の浪人生活は徒労に終わる。残された時間の短さが颯の精神に無意識の緊張を与えていた。

長崎次郎書店の前で、美紫緒と父親の二人とすれ違ったことを颯は知らない。美紫緒が父親に彼女の気持ちを告白したことも知らない。美紫緒から何の反応もない状態が続いており、彼には美紫緒との局面を打開する方法は思いつかなかった。

十一月の全国模試で、数学が初めて合格ラインを超え、熊高の実力試験でも好成績だった。東大の過去問も楽に解けるようになり、合格の確信が持てるようになった。

やっと勉強意欲が戻ってきた。自宅に籠ってひたすら机に向って、ほとんど外出もしないので、体力が落ちたと感じていた。松井がぶっ倒れるまで勉強した話は貴重な教訓となった。

第四章
中村橋

西部池袋線の中村橋駅は、池袋から六つ目であり、各駅停車で十五分程かかる。駅を降りて南側に向かうと三十メール程で交通量の多い千川通りに出る。信号を渡って左折し、五分ほど歩いて三つ目の角を右に曲がると、約百五十メールの所に木造二階建ての栄荘があった。颯の部屋は一階の四畳半である。住所は中村北三丁目であるが、大通りから少し奥まっているので、千川通りの騒音は届かず静かであった。栄荘から少し南に歩くと、当時はまだ野菜畑が広がっており田園の雰囲気が色濃く残っていた。

年が明け受験は目前に迫ってきた。東大文Ⅰのほか、早稲田の政治経済学部と法学部を受験することにした。政経学部は司法試験合格者数が五百名弱だった当時、法律科目も充実し東大を除く旧帝大よりも多くの合格者を出していた。政経学部でも法律が学べたからである。

人生は何があるか分からない。東大の初日はこれというミスもなく普段の実力を出し切れたので、このままいけば合格だと確信した。池袋で夕食を食べて電車に乗ると腹部が痛み始め、中村橋に着く頃には痛みはだんだん激しくなっていった。駅から兄の哲に電話をしてアパートに帰ると腹部の激痛は、のたうち回るどころか身動きできない程で熱も三十九度ある。

兄はアパートに駆け付けてくれ、時間外だったが、まず近所のクリニックに診てもらう算段をつけてくれた。医師は精密検査をしないと何とも言えないが、胆嚢痛だろうということであった。痛み止めの注射が効いたせいか痛みはやや和らぎ熟睡できた。しかし、翌朝目覚めた後も熱は下がらず、激痛はどこが痛いのか分からない程腹部全体に拡散し、上の方は心臓の手前まできており、動いたら心臓も止まるのではないかと思われた。

この半年間、運動もせず、熊本の自室で勉強に打ち込んできており、体力も衰えていた。医師は、本人の気力があれば受験はできるだろうと言った。兄も悩み颯も苦しんだが、これも運命と考えて、結局、電車で会場に行くのは無理と判断して二日目の試験は諦めざるを得なかった。

栄荘の四畳半の部屋は、一階のドアを開くと、左側にガス台と小さな流しがあった。自炊は無理だが、せいぜいお茶やコーヒーを飲む程度のことはできた。部屋は南向きであり、窓の外には隣家の庭のハナミズキの枝が柵を超えて伸びていた。窓は出窓になっており、兄が残して行った深緑のカーテンを引くと外の光は大方遮ることができた。颯はこの部屋で大学の四年間を過ごすことになる。

部屋にはテレビもラジオもなかった。外食をしていたので、飯屋と喫茶店で複数の新聞を読み、漫画雑誌も『明日のジョー』など最初から最後まで読み切った。

巨人が川上哲治監督の下、長嶋や王の活躍でV9に突き進んでいる時代であったが、颯はテレビの実況中継や歌番組などを視聴することはなく、テレビやラジオが欲しいと思ったこともない。もっとも、夏休み、お正月、春休み等に熊本に帰省したときはテレビも視たので完全に遮断されていたのではない。

中央大学工学部に受かった有泉は、上京して一月半程の間、颯の四畳半の部屋に同居しアパートを探していたが、四丁目にある松風荘の三畳間を借りて出て行った。松風荘は、大家が五百坪の敷地の一角に建てたもので、庭木が茂る緑の多い静かな環境に恵まれていた。

颯は受験日の激痛と熱発による不受験を、忘れるように心掛けていた。悔やんだところでどうなるものでもない。兄の哲は一言も慰めの言葉を吐かず、逆に「運も実力のうちだ」と言い、「合格する実力はあっただとか、全国模試で一桁だったとか、そういうことは、今後一切口にするな。下らないことを引きずっていては、伸びる才能も萎んでしまう。弁解ばかりしていると人間の精神は貧しくなる。努力すれば能力も伸びるし、運も付いてくる」と言った。

颯はこの言葉に感激した。その通りだと思って、今後口にすまいと決めた。早稲田は、政経、法の二学部とも受かったが、法学部を選んだ。颯はこれから本格的に勉強するぞと思うと、気持ちは晴れ晴れとしていた。

大学では第二外国語でクラス編成がなされるが、颯はフランス語を選んだ。四月のある日、フランス語の授業が終わった後、一部の人から次週の午後六時半からコンパをしたいとの提案があった。ついては今日これから、簡単な自己紹介をしようということになった。

自己紹介は、最初に喋った人に倣って、名前、出身地、高校名、趣味、所属するサークルなどを生真面目に、あるいは恥ずかしそうに述べて責めを塞ぐことが多い。この時も、同じパターンが続き嫌気がさしていたので、颯に順番が回ってきたとき、まず自分の名前をいい、その後次のように切り出した。

「これから十個の質問をしますので、イエスと思う人は挙手して下さい」

「一つ、受験勉強で疲れているので、大学では大いに遊ぼうと思っている」

「二つ、それなりに努力したお陰で早稲田にパスしたと思っている」

みんなが少し迷って周囲の様子を窺っているので、「はっきり手を挙げて下さいね。努力せずに受かった人は挙手しなくていいですよ」と促した。

「三つ、高校時代に異性とキスの経験がある。浪人時代に経験した人は含まれていませんよ」これには笑いが起こった。

「四つ、異性を見る場合、顔が何より重要な要素である。ボディーを重視する人は、手をあげてはいけませんからね」

「五つ、論語は読んだことがない」

こういう具合に質問を続けたが、残りの五つは、小林秀雄、モーツァルトとベートーベン、シェイクスピア、三島由紀夫、大江健三郎とサルトルの実存主義についてであった。

皆は質問に素直に反応した。颯は皆の反応を見ながら、「ほおー、真面目に勉強した人が多いね」とか、「初心な人が多いね」とかコメントしながら進めたので、ときに笑いが起き、知らない隣同士で会話が生まれた。小林秀雄の質問からは、解説を詳しくした。多少の一体感もでてきて、彼の繰り出す質問とコメントにみんなの関心が集中していった。

「以上で質問は終わりです。ところで、僕は十個の質問全てに挙手しない男です。どうぞ宜しく。以上で自己紹介を終わります」と結んだ。

このスタイルの自己紹介は、参加者の度肝を抜くものだった。それに彼が一つの質問の後に加えるコメントが、彼らとレベルの違う知性を感じさせたことも否めない。颯がコメントで触れた書物はほとんどの者が読んでいなかった。彼の方は、大方の連中の教養のレベルなり、入学前の関心なりが掴めた気がした。

このクラスには四人の女性がいた。男子には誰一人として颯の興味を掻き立てるような人物はいなかった。高校時代の友人たちに較べるとレベルが低いと思った。

クラスには東京出身者も多かったが、東京の高校の事情に疎い颯には、日比谷高校を頂点に都立の旧ナンバースクール程度の知識しかなかった。女性の一人は、自己紹介で都立高校出身といったが、颯の知らない学校だった。彼女は浪人して東大文Ⅰを狙ったが、落ちたので仕方なく早稲田にきたと言った。東大を受けたというだけで、ホーという声が出たが、これがこのクラスの学生の水準を象徴していた。

しかし、颯は必ずしも、がっかりしたわけではない。成績など悪くても、頭のいい人間はいくらでもいるからである。全国各地から種々雑多な背景をもった人間が集まり、刺激を受け切磋琢磨し、鍛えられてこそ面白い才能が育つと思っていた。

東大などの国立大と違って、早稲田では一年生時に二つの専門科目が配置され、学年が上がると専門科目数が増えていく仕組みになっていた。一学年に約千人の学生がいるので、主要科目は原則として三人の教授が担当する複数講座制がとられていたが、非常勤講師は東大教授など一流の学者を招聘《しょうへい》していた。

民法総則は、宮川教授を選択した。教科書は二冊セットになっており、一つは、市民社会のルールとしての民法の基本原理を扱い、いま一つは、民法総則の基礎的な概念を条文に沿って解説してあった。講義でも何度かマルクスという言葉がでたが、市民社会の構造と商品交換の流通過程の中で法主体としての市民、取引の安全装置などが分かりやすく説いてあった。

親族法は、若い先生が居なかったので、既に大家の風貌を備えた外岡教授による講義を受講したが、講義の力点は明治三十一年に制定された親族法と昭和二十二年に全部改正された新親族法（相続法も同時に改正）との比較を通して、新法が日本国憲法の理念を実現すべく個人の尊厳を原理として改正されたことを説いたものであった。

高校時代まで市民社会という概念の正確な意味すら知らなかっただけに、法律学の側から見た我々の社会の財産関係や家族関係の法的仕組みがよく理解できた。おそらく教師の情熱が当方の無知を蹴散らすほど強烈だったからであろう。

英語とフランス語の授業には、あまり面白い教師はいなかった。ともに二人の教師がそれぞれ別のテキストで教えたが、例えば、英語についてはテキストの内容の解説が中心だったが、学期中に一冊読破すべくものすごいスピードで進むことには驚いた。

専任の語学教師は、春夏の長い休暇にはよく外国を訪れるらしく、外国の「現在」の解説は面白かった。フランス語の浜田教授は、後に常任理事になった人物であるが、この時代はまだ青年の面影が残っており、溌剌とした人格に魅力があった。「この中からモンテスキュ—の法の精神を原書で読む人が一人でも出てきてくれればいいがなあ」という言葉が印象的であった。颯はその後モンテスキュ—の『法の精神』やルソーの『社会契約論』等の主要な著作を原書で読破した。

教養の講義にも面白いものがあった。服部教授の『自然科学概論』の学年末試験で「冷蔵庫はなぜ冷えるか」という問題がでた。専門科目は無欠席無遅刻で出ていたが、教養の講義は、一年目は必ずしも無欠席とはいえなかった。この問題も、欠席した日に講義されたのであろう。白紙で出すのも口惜しいので、短歌を一首書いて提出した。

「ときにより　出来ぬは人の習いなり、服部教授の　情けまつ我は」

颯は「不可」と思っていたが、服部教授は「優」をくれた。実質的に「不可」の答案に「優」をくれたことに驚いただけではない。この「優」はその後の颯の人生に、大きな影響を与えた。大学には深い度量をもった面白い先生がいると知って、颯は優に相当する勉強をしようと思った。

大学においては、学生の評価は事実上担当教師の裁量に委ねられている。教師と学生の関係は、講義の内容の伝達と理解だけで成立しているのではない。学生は教師の人格全体から何かを学ぶ。年間を通して講義を受けていれば、教師の誠実さも性格も大体掴める。教師の時事問題についての言動、言葉の端々からも思想を含む人間的メッセージはキャッチできる。

二年生以降、学内紛争等いろいろなことがあったが、颯は講義だけは無遅刻無欠席で通した。お陰で彼が受講した教師がどの程度の学識か、きちんと予習して講義しているのか、誠実な人間か、各教授を微細に観察することができた。

親しくなった先生に伴われて、教員食堂で昼食をとることもしばしばあったが、講義開始時間が過ぎているのに、のうのうと昼食を食っている人もいた。掲示も出さずに休講にし、翌週何の弁解もしないソビエト法の教授もいた。他方、ちゃんと予習し丁寧に講義してくる教師がいたことも確かである。

五月の半ば過ぎに、大学から封書が届いた。連絡事項があるので、火曜日の十三時に三号館二階の会議室に来るようにというものであった。指定された会議室に行くと数人の学生が座っていた。十三時になると、教授らしい人物が男子の事務員を伴って入ってきた。

大隈奨学金創設の意義と受給する名誉についての御高説のあと、「諸君は入学試験で最優秀の成績で合格したので、大隈奨学金を授与することに決定した。本年度の納入された授業料を返還する。今後は学生の模範となるべく、勉学に励むように」と述べたあと、「ついては、返還先の郵便局または銀行の口座番号を記入して、後日学部事務所に持参するように」ということであった。

一人一人名前を呼ばれて、書類を受け取った。颯は最初に名前を呼ばれたが、それが首席を意味するのか分からなかった。大隈奨学金は年度ごとに決定される由で、学年末の試験の成績が悪ければ、二年次には貰えないので、今後とも学業に大いに励むべしということであった。

会議室を出た後、颯は兄の哲に電話をかけ、このことを報告した。哲はとても喜んで、「今日は一緒に飯を食おう」というので、地下鉄で千駄木の兄のアパートに直行した。夕食後、兄の部屋から熊本に電話をかけた。受験で東京に発った後、手紙は書いたが、電話するのは初めてだった。父母ともに大変喜んでくれたが、大隈奨学金を得たことよりも、元気な声が嬉しかったようである。

颯は「おカネが振り込まれたら、熊本に送金するよ」というと、父は「それはご褒美だと思って、本代にでも使えばいい」と言ってくれた。父母に心配をかけていたことを思うと、腹痛で受験できなかったことが思い出され、涙が出そうになった。しかし、今さら何を言っても詮無いことである。

兄の部屋の書棚には、分厚い医学書が並んでおり、しかも大半が洋書であることに驚いた。この間までは、書棚にはサルトルの著作、小説、総合雑誌などが占めていたのに、まったく別人の部屋になった観があった。これからは医学に打ち込む、という強い意志が感じられた。

東大医学部では、洋書のテキストが使われる。颯はテクニカル・タームを覚えるのも大変だろうと思ったが、兄によれば大したことはないという。山崎豊子の小説「白い巨塔」の財前五郎が羽田からドイツに旅立ったように、一昔前は医学の世界ではドイツが主流だったが、現在はアメリカに移っている。日本人も世界に認められるためには、英語で論文を書かなければならないようだ。考えてみれば、医学という学問に国境はない。颯は法律の世界もそうなっていくのかも知れないと思った。


颯が上京して、一年半が過ぎようとしていた。美紫緒への情熱は少しも衰えていなかった。彼女を忘れようとも、諦めようとも思ったことはない。

美紫緒が一学年修了後の春に、大学の寮を出たことは風の便りに聞いていたが、住所は知らなかった。腹部激痛で東大を受験できなかったことを一切弁解しないと決めたものの、内面では理由を説明したい欲求を消し去ることができず、ジレンマに陥り心底から明澄な気持ちになれなかった。彼女の住所を探す気になれないのも、会いに行く勇気を持てないのも原因はそこにあった。

仮に彼女の住所が分ったとしても、袖にされる恐れがあった。大学入学後二年も経てば恋人がいても不思議はない。初対面のときの彼女の目の輝きや阿蘇旅行の際の彼女の情熱の萌《きざ》しなどは、自分の誤解だったのではないかとさえ思うようになっていた。

美紫緒は、内心では颯から連絡が来ることを期待していた。彼から何の連絡もないのは、もう自分への興味が無くなったからではないかと思い込んでいた。

女子美大は学生運動とは無縁であった。合コンなどは行われていたが、美紫緒は男探しには関心がなかった。それに自分の好きなことを学び、時間があれば美術館を見て回る楽しみがあったが、心の内では颯から便りがあることを強く心待ちにしていたのである。

二年生になると、新しい専門科目が加わったが、颯はどの科目も無遅刻無欠席で熱心に聞いた。当時教科書を執筆している教師は少なく、大抵の講義は教科書なしのフリーハンドであった。颯は代表的教科書の中から、自分に合うものを読むことにした。特に刑法総論などは、ヴェルツェルの目的的行為論が紹介され、伝統的体系が揺らぎ始めていた時期だったが、団藤重光教授の『刑法綱要』の文体に魅せられてこれを読んだ。

颯は一年度が終わるまでには、初期マルクスの著作をほぼ読了していた。高校時代の級友の中には、ML(毛沢東・林彪)派の活動家になったり、ノンセクトラジカルとして東大闘争(一九六八〜六九年)に参加し機動隊に逮捕されたりした者がいた。学生の反乱はパリの五月革命(一九六八年)にも連なる時代を表象する事件であったが、颯はこうした事件は東西冷戦構造がもたらした閉塞感に起因する徒花だと思っていた。そのため学内の闘争にエネルギーを発散させるよりも、マルクス主義や市民社会の本質をもっと深く理解したいと考えていた。

美紫緒も颯も、夏、冬、春の休みごとに熊本に帰省したが、彼女の帰熊が耳に届くと、颯は必ず彼女の家を見に行った。ひょっとすると、偶然門前で出くわすことがあるのではないかと期待してのことであったが、偶然は一度も訪れなかった。

正月休みが終わる頃、美紫緒が熊本を発つ電車の時間が分かった。颯は彼女を見たくて堪らない。二日後には自分も上京するのに、居ても立ってもいられない。そこで熊本駅に美紫緒を見に行くことにした。予想通り、美紫緒の両親と数人の友人が彼女を見送りにきていた。美紫緒はすぐに颯に気付いたようだが、特に合図のしようもなかった。

久し振りに美紫緒を見て、ああ本当に自分は美紫緒が好きなのだと思った。美紫緒の母もすぐに颯に気づき、夫に「あれが美高さん」と指差して教えた。この時、颯は初めて父親の明寿を見た。彼は必死に妻の指差した方向を探していた。颯の方は父親と目が合うのを避けて、近くの友人と話をするふりをしながら、視野の中で父親の視線が自分を捉えたことを認めた。身長は高くないが豊かな黒髪に良識を感じさせる端正な顔立ちだった。

颯が美紫緒と再会を果たしたのは、二年生の秋のことである。初対面から既に二年七カ月が経っていた。どうして再会する気になったのかを理路整然と語ることは難しい。

この頃、颯の生活の型は固まってきており、朝から大学の図書館に出かけ、大きな窓から朝の陽光の差し込む席を確保し、授業で席を空けるほかは、夕方まで机に向って勉強していた。勉強の中心は次第にマルクスから法律学に移っていった。

大学生活に馴染んでくると、友人の幅も次第に広がり、女性との出会いもあったが、心を奪われたことはなく、情熱が噴き出してくるのは美紫緒だけであった。上京後、美紫緒に何の連絡もせず、行動も起こさずに無為に過ごしたことが口惜しく思われた。

知的欲求の強さが弾む恋心を邪魔するのかとも思ったが、美紫緒への思いが明確になってくると、逆に美紫緒でなければ満たされないことがはっきり認識できた。彼女だけが自分の気持ちにピタリと嵌《は》まり、同時に身体全体の神経を覚醒させる思いがした。美紫緒は「必然の恋人」であり、運命づけられた「不可欠の女性」だと思わざるを得なかった。

ところで、純子は颯が東京に来たら「一緒にあちこち行きたい」としばしば手紙に書き、口でも語ってきた。しかし、颯が上京した後、二人であちこち行くことはなかった。颯はのんびり女性と遊び歩く心境になったことはなく、いつも何かに追い立てられるように勉強していた。彼女は短大を卒業したあと、三年生から共立女子大の文芸学部に転じた。共立女子大に移ると、状況に大きな変化が生じた。

当時大学卒の女性の結婚は早かった。世間の独身女性への結婚圧力も、現在とは比較にならない程強いものがあった。颯の知る限り、少なくとも中学時代の同級生で大卒女性の場合、卒業後二年以内に結婚している。しかも、全員が例外なく見合い結婚である。実際、大学三年生になると、親や回りがお見合いに動き始めた。

純子は三年生の夏休み前に東京で初のお見合いをしたが、このことを颯に話したのは、八月末で場所は熊本の喫茶店クレモナであった。母親に「会うだけでいいから」といわれ、断れなかったと弁解した。

「へえ、それでどうだったの？」

純子は、彼が自分と付き合っているのに、お見合いするとは何事かと、怒り出さないかと心配していた。怒らないにせよ、驚くとか、たじろぐとか、もっと強い反応があるものと思っていた。ところが、颯の言葉や態度には、微塵の動揺も見られなかった。

純子の方は、この見合いについて彼に告白すべきか、黙っているべきか大いに迷った。颯は正直さを評価する人だから、隠すと嫌われてしまうだろう、と考えての告白であった。純子としては、すぐに断ったのであるから、見合いをせざるを得なかった事情を詳しく話せば、理解してくれるだろうと考えたのであった。

ところが、虚を衝かれたのは純子の方だった。颯は平然としていた。まるで他人事のようである。私を信頼しきっているのかしら、あるいは私のことを単なる遊び相手と考えているのかしら。彼の平然とした態度をどう考えればいいのか。

颯は彼女の告白をそんなに難しく考えた訳ではない。結婚が理解できなかっただけである。つまり同い歳でも男女では結婚に対する意識が甚だしく違っていたに過ぎない。

お見合いの相手は、国立大学の数学の専任講師だった。颯はお見合いの経緯についても、相手の姿形についても何も訊ねなかった。お見合相手に対して、まったく関心が無かった。だからどこの国立大学かも知らないままである。純子によれば、「相手の経歴は私なんかには、もったいないくらい立派で、とても優しそうな人」だったという。結婚の具体的なイメージが全くなかった颯は、彼女の話を聞いて、まず純子の結婚への意識の成熟度に驚いた。

純子は「この人と結婚しても、私がやってあげられることが何もないのよ。料理が得意ですって。フットワークも軽い人みたいだったわ」と言った。

これは彼女の正直な感想だったが、颯は彼女が結婚を真剣に考えていることにむしろ驚かされた。純子にとって自分が「必然の恋人」でないのだと知って、安堵感を覚えた。その訳を自問するまでもなく、彼の心の底には美紫緒しかいなかったからであり、愛しているのは美紫緒だけだったからである。

純子は多弁だった。初のお見合いだったので、いろいろ感ずるところもあったのであろう。彼女は「すぐにお断りした」ことを強調したが、あなたに相談せずにお見合いしたからといって、裏切ったことにはならないわよねと言いたかったようである。

純子はそれまで、「私と結婚してくれるのでしょう」と口にしたことはなかった。しかし、これまでも何度か結婚する気があるかどうか、聞きたい素振りが感じられることがあった。だがこの時期の颯は大学に入って美紫緒と再会する前であり、だんだん学問が面白くなり始めたところだったので、結婚を具体的にイメージすることができなかった。

純子のお見合い事件は、四年制大学に行った他の同年の女性たちもお見合いをし始めていることを示唆していた。彼がまず思ったのは、美紫緒も放っておくと他の男と見合して結婚してしまうかも知れない、永久に取り返しのつかないことになってしまう。そう考えると急かされる気がした。

まず、美紫緒の住所を知る必要があった。たまたま友人の従兄妹が女子美大の学生だったので、彼女にお願いして住所が分った。

美紫緒に会う決心をすると、颯の意識は根底からガラリと変わった。初対面の時のような激しい熱情が彼の身体に漲ってきた。夾雑物を全て洗い流し、純粋な気持ちで会いたいと考えた。どんな犠牲も厭わないという意識が彼を支配し始めた。訪ねるのは、次の土曜日と決めた。決めると、緊張感で気持ちも引き締まった。

午後二時を目安にして、美紫緒の下宿を訪問することにした。地図で「松井方」はだいたいこの辺りだと目安をつけた。きちんとスーツを来て出かけた。「松井方」はすぐに見つかった。一戸立ての立派な家であった。いわゆる下宿屋ではない。部屋を借りているのは美紫緒だけなのだろう。呼び鈴を押すと、四十歳を超えたと思われる小綺麗な女性が出てきた。

「吉永さんは、おられるでしょうか」

この女性は、若い男性が美紫緒を訪ねてきたことに目を丸くして驚いた。男性が訪ねてきたのは初だったのであろう。一体この男性は何者なのか。相手の名前や用件を聞く前に、突然の男性の訪問自体が彼女の内面に、小さなパニックを引き起こしたようである。

「今、熊本からお母様が来ておられて、朝からお二人でお出かけになっています」

「そうですか。では日を改めて連絡します」

瞬時にでた言葉であった。また来ますと言ってはいけない、母親が来ていると聞いて、驚いた感じを与えてはいけない。本来なら自分の名前と用件くらい伝えるのが常識に適ったやり方だったであろう。結果として、相手に名前や用件を尋ねる間を与えず、礼をしてその場を立ち去った。

美紫緒と会うと決心してこの方、彼女の母親が上京することを想像したことは無かった。途中で母親に出くわしたら、どういう態度をとるべきか。美紫緒もびっくりするだろうし、母親はもっとびっくりするだろう。この場から一刻も早く離れたかった。自然に脚が早くなった。しかし地下鉄の駅に着く頃には、冷静になれた。午前中に出かけたとなると、まだ下宿に帰ってくる時間ではない。

初対面の時から約二年半が経った。美紫緒への思いは止み難くやっと会う決心がついた。自分の恋心は誰に恥じることもない。母親に遠慮する必要など何もないではないか。突然会うことになっても、鷹揚に構えればよいだけである。気持ちが定まると元気がでてきた。

母親の上京と聞いて、母親も美紫緒の部屋に泊まっていると思ったが、よく考えるとそんな筈はない。おカネに不自由のない院長夫人が、風呂もない六畳間の狭い下宿に泊まる訳がない。実際、母親は二泊三日の予定で前日に上京し、帝国ホテルに宿泊していた。美紫緒は金曜日の夕方、大学の授業が終わるとホテルに直行し、母と落ち合って夕食を共にし、一緒に銀ブラを楽しんだあと、母の部屋に宿泊していた。

光沢は、翌朝松井方にお土産をもって挨拶に行き、美紫緒の部屋に上がって一休みした後、二人で都内の美術館に行った。颯が訪れた土曜の夜も、美紫緒は母のホテルに泊まったので、下宿には帰らなかった。そのため松井の奥さんは、お昼過ぎに男性が訪ねてきたことをすっかり失念してしまい、美紫緒が翌日母を東京駅で見送ったあと下宿に帰っても、結局何の話題にも上らなかった。

颯は大家さんが青年の訪問を美紫緒に伝えた、と思っていた。もしそうであれば、美紫緒に会うために再び下宿に行く意味はない。彼女の目の前に突然現れて、目と目が合った時の彼女の瞬時の驚きの中に、正直な彼女の気持ちを読み取る機会がある。彼が再訪するかもしれないという意識の下に訪れては、彼女の正直な気持ちを読み取ることは難しいだろう。となると、電話で事足りる。

美紫緒は何というだろう。既に新しい恋人ができていれば、邪険にされないとも限らない。仮に下宿訪問の件を聞かれた時は、正直に認めて自分の気持ちを述べる以外にないと考えていた。

美紫緒に会いたい、話しがしたい。日を追うごとに気持ちが高まってきていた。気持ちは会ってこそ伝えられるものである。会えば、初対面の日の気持ちが蘇る可能性もあろう。電話をすると決めただけで、切羽詰まった気持ちになり心臓が鼓動を打った。

中村橋の駅から栄荘に向かう千川通りの途中に、電話ボックスがあった。日頃これを利用する人は少ない。この電話ボックスなら人を気にせずに思い切り話ができると考えた。両替したコインを握りしめて、ダイヤルを回すと女性がでた。

「吉永さんはおられるでしょうか」

「はい、ちょっと待って下さい」

こちらの名前は聞かれなかった。誰からの電話か分からないままで美紫緒が出てくれる方が颯にはありがたかった。

「お待たせしました」美紫緒の声である。

「美紫緒さん？」と切り出す。

「美高さんでしょう、お元気ですか」

美紫緒の声にさっと喜びが走り、嬉しそうな響きだった。「お元気ですか」という言葉に、自分への関心は消えていないと感じた。

「いや、どうして分かったの？」

「やっと分かった。遂にわかった。あなたの住所と電話番号が。電話するのに大変な勇気がいったのだよ。僕は照れ屋だからね。こうして話しているだけで恥ずかしい」

「いや私も恥ずかしかつよ」彼女は熊本弁で言った。

颯には彼女の笑顔が見えるようだった。

「弱ったな。久し振りの電話で緊張している。何から言おうか。とにかく会いたい。話したいことは山ほどあるとたい。もう二年七カ月も会ってないけど、あなたのことを思わない日は一日もなかった。やっと会う決心がついた」颯は熊本弁混じりで喋った。

「私も話したい気持ちはあるのよ。でも、今ものすごく忙しくてね。先日、母が来たけれど、一緒に付き合えない程だったの」

彼女の口ぶりは、先日訪ねてきたのはあなたかと探りを入れるようなものではなかった。颯はこの発言から、自分が訪問者だとは思ってもいないと覚った。

美紫緒はできるだけ普段通りに話をしようと心掛けていた。突然の颯の電話で、彼女も動揺していた。何の気持ちの準備もなかった。彼が電話してくれたことは、とても嬉しかった。二年半程前の春、母は手紙で彼から手紙がきても返事はしない方がいいと書いてきたが、美紫緒も彼の浪人中は控えた方がいいと思ったので、とりあえずそれに従ったが、その後何の連絡も進展もないまま時間だけが過ぎた。

美紫緒は颯からの電話に、心がパッと晴れた気がした。しかし、素直に「嬉しい」とも「あなたの連絡を待っていたのよ」とも言えない。大学の寮をでたことは、数人しか知らない。美高はどのようにして、電話番号を入手したのだろうか。颯の声は弾んでいる。ずっと探してくれていたのだろうか。こちらから連絡してあげれば良かったかなとも思った。美紫緒は話題を変えた。

「先日、『汚れた手』を見に行ったのよ」

「サルトルの戯曲?」

「そう、面白かったけど難しかったわ」

美紫緒が唐突にこの話題を持ち出したのは、自分の気持ちの整理のつかない表れだった。颯はきっとサルトルの戯曲は読んでいる筈だと思いながらも、作品や演技について語り合いたいのではなく、とりあえず話が直截にデートの日時に進まないようにし、その間に少し考える時間の余裕が欲しかったのである。

よく考えれば、「忙しい」といいながら、演劇を見に行く時間はあるというのも小さな矛盾であるが、美紫緒はそんな微細なことを気にすることはなかった。颯からの手紙に返事をしなかった気後れもあった。美紫緒の「お元気ですか」という積極的な言葉も、同じ気後れが言わせた言葉だった。彼のその後の状況をストレートに聞けなかったのも、同様であった。

美紫緒は、心の奥底では颯が必ず連絡してくると思っていた。初対面の折の爽やかな語り口に魅かれた気持ちは、今でもはっきり残っていた。彼女は性格的に自分から行動を起こす女ではない。颯が早稲田に入学したことも知っていた。しかし自分には手紙もこなければ電話もなかった。東大に失敗したことに蟠《わだかま》りがあるからだろうかとも思ったが、片心ではもう彼の自分への好意は薄れ、忘れられたに違いないとも思っていた。

そこに突然の電話である。懐かしい声だった。「もしもし」の声を聞いただけで、美高だと分った。しかし、何を話していいか分からない。この間、彼は何をしていたのか、今は何をしているのか。初対面の日の自分への情熱はまだ残っているのか。訊きたいことは山ほどあった。

颯の方は、美紫緒と会う決心をするまで内心の葛藤があったが、決心後は堰を切ったように熱い思いが高まっていた。人は苦しみの中から学ぶ。現実に直面することで見えなかったものが見えるようになる。ただこの時は、いきなりのサルトルの話に乗る気にはなれなかった。

この日の颯の電話には、美紫緒と会う約束を取り付けるという目的があった。美紫緒は颯の声と息遣いを聞いて、愛情が変わっていないと確信したが、同時に、現在の彼がどういう生活をしているのかなど聞きたいことは山ほどあるのに、どのように話をもっていけばいいのか分からなかった。重要なことは、美紫緒自身が自分の颯への関心の深さに改めて気づいたことだった。そのため二人の会話はあの話題、この話題と脈絡なく飛び跳ねた。

他方、二人は心の中に揺らぎも抱えていた。美紫緒には三年生になってお見合いの話が複数回持ち込まれていた。母親が上京したのも、実はとても条件のいい相手とのお見合いを承諾するよう説得するためであった。今度のお見合い相手も医師であった。

美紫緒はこれまで、医師との見合いは興味がないといって取り合わなかった。今度母がもってきた話は、京大医学部卒でまだ医局で修行中であったが、家柄、年齢等どれをとっても親としては纏めたい良縁だった。

美紫緒は「まだまだ旅行もしたい」と颯に言ったが、これはもともと母親に対して急いで結婚などしたくないという彼女の気持ちを表現したものであった。颯はお見合いの背景についても、彼女の客観的状況の変化についても、何も知らなかったので、そんなに具体的な話が目前に来ているとは想像もしていなかった。

美紫緒は母親に「まだ結婚したいとは思わない」と繰り返し言ってあった。だが、今回は母が上京した上で説得され、渋々「会うだけは会う」と約束させられた。電話で彼女は「今年の冬は帰りに京都に行くの」と言ったが、実はこのお見合いのためだったのである。

京都に行くと聞いて、颯は今頃の京都の紅葉は美しいだろうなと思った。颯は勉強したいことが目白押しだったので、旅行を楽しみたいという気持ちは微塵も持っていなかった。二人の置かれた状況は違いすぎており、颯はその違いをまったく認識できていなかったのである。

この日の電話で、颯は何とか美紫緒を説得して会う約束を取り付けたかった。そこで、秋の早慶戦や早稲田祭のことなどを話した。美紫緒は「早慶戦は一度行ってみたいわ」といった。この言葉は会う意志があることを意味する。颯は光明が見えた気がしたが、「一緒に行こう」とは応じず、「早慶戦は応援ばかりさせられるから、最初会うには、早稲田祭の方がいい。期間は一週間だけど、初日は例年著名な方の講演やシンポジウムがあるから面白いと思う」

「今とても忙しいの。今すぐ会う日時を決められんとたい」

そこで、水曜日にまた電話すると約束して電話を切った。電話ボックスをでた時、颯は実に清浄な気持ちで魂が喜びに脈打っていた。颯は「美紫緒以外に俺の女はいない。向かうべき人はいない」と思った。全身に満ちてくる情熱と喜びをかみしめながら、アパートに向けて歩いた。

月曜日の午後一時、颯は美紫緒に会えるという歓喜の中にいた。新宿の紀伊國屋書店一階の通路のやや奥まった辺りに立って待っていた。

常日頃お洒落など考えたこともなかったが、この日の出で立ちは、下着と靴以外は、有泉の借り物であった。美紫緒とデートすることが決まったことを有泉に話した折、「俺の好きな例のネクタイを貸してくれ」というと、彼は「よかったら俺のスーツも着ていけ。上京の際新調してもらったばかりだから」というので着てみたら、よく映えたので、その言葉に従うことにした。

待合せ場所にかなり早く着いた。美紫緒も約束時間の少し前に到着した。彼女もすぐに颯を認め、お互いに多少照れながら満面の笑顔で対した。茶系のスーツにスラリと伸びた脚、柔らかい笑顔、零れる白い歯。久しぶりに見る彼女は、美しさに大人びた上品さが加わっていた。

目的は美紫緒に会うことであり、それ以外にない。早稲田祭のシンポジウムは会うための名目に過ぎない。待ち合わせ時間を早めにしたのも、シンポジウムの前に二人だけでいろいろ話をしたかったからである。

「お昼は食べた？」

「まだよ。一緒にと思っていたので。食べにいきましょう」

「僕は大学付近の飯屋ならよく知っているけど、正直なところ適当な店は分からない」

「軽いものでいいわよね。隣のビルの五階のレストランに行きましょうか」

颯はそこにレストランがあることすら知らなかった。

美紫緒がグラタンを頼んだので、颯も同じものにした。それまでグラタンなるものを食べたことがなかった。熊本ではもちろんのこと、東京に来てからも食べたことがなかった。現在では珍しいものではないので、誰でも知っているが、その頃は必ずしも一般的ではなかった。

当時の新宿は、現在とはかなり様子が異なっていた。東京の人口も一九六〇年には九六〇万人程だったが、六五年には一〇〇〇万人を超え、二〇二〇年には一四〇〇万人を超えた。『徒然草』もいうように、十年で街の姿は一変してしまう。喫茶店は純喫茶の他、同伴喫茶や美人喫茶などがあったが、カラオケ店は皆無だった。

二人は静かに話がしたいので、クラシックが流れている喫茶店を選んだ。颯は同じ空間にいるだけで幸福だった。美紫緒は昨年の夏、颯が純子と二人で上通を歩いていたことが気になっていたが、目の前の彼の熱い視線を浴びると、ホテルキャッスルで父親が言ったことは正しかったと思った。

颯の方は、東大に落ちたのではなく、熱発で受験できなかったことを弁解したい気持ちが燻《くすぶ》っていた。しかし、「二度と口にしない」と決心したことであり、愚痴をこぼしても意味がないと思って我慢した。

会えなかった二年七カ月間、美紫緒のことで苦しみ続けた。苦しみから逃れるためには、恋を成就させるほかない。東京で再会してみると、美紫緒への思いが心の奥深く根を張り、恋のエネルギーが身体に蓄積されていたことに気づいた。

「あなたの前に居ると、実力がだせない」

「そういわずに実力をだしてよ」美紫緒は笑顔で言った。

彼女の近くに居るだけで、笑顔と慈愛の眼差しに包まれてうっとりしてしまう。颯は入学後に読みはじめたマルクスのことから語り始めた。

高校のときは、マルクスのことを全く読んでいない。だがマルクスを読まなければサルトルさえ十分理解できないと感じていたので、入学後真先に取り組んだこと、民法の講義でもマルクスが正面から語られるので、これはやはり本気で勉強しないといけないと思ったこと、読み始めると急に世界が開けた感じがしたこと、面白くて飽きないことなどを話した。

「マルクスは、世界観を提供してくれる気がしている」

「世界観ってどういう意味なの？」

「正確に定義するのは難しいけど、一言でいえば、世界をどう見るかということだと思う。人生観は自分の生き方についての考え方のことだけれど、世界観は国の成り立ちや構造、東西両陣営の国々がどのようなイデオロギーを基底にして対立しているのか、現実の生活の中で自分はどのような立ち位置をとり、どういう役割を果たせるかを考えることかな。少なくとも高校時代まで世界を科学的な視点で捉えて、自分の進むべき方向性を見つけようという意識は全く欠如していたからね」

「私はあなたのいう世界観というようなことは考えたことがないけれど、美高さんがどういう世界観を持つのかは興味があるわ。是非教えて欲しい」

「そう言ってくれると、嬉しい。マルクスやエンゲルスが一つの世界観を科学的に提示してくれたことは確かだけれども、僕はいま学んでいる最中で、マルクスの提示した世界観の全体像を自在に解説するだけの力量がない。ただ、ここに真理が含まれているという感じを強く持っている」

「美高さん、随分謙虚なのね。最初に会った時は、全身自信に溢れていたので、今日は何だか別人みたいに見えるわ」

「僕は本質的に何も変わっていないよ。初対面のときは、あなたにアピールしようという気持ちが強くて頑張ったけども、相手にされずに深い挫折感を味わったからね。今は嫌われないようにという気持ちが強い。話す相手があなたでなければ、もっと自信が表に現れるかもしれない。あなたを前にすると、恋心が勝ってしまって、一言いうのも臆病になってしまう」

そう言って、コップの水を飲み、続けて言った。

「夏の終わりから、やっと『資本論』を読みはじめたところなのだよ。向坂逸郎の翻訳で読んでいるけど難しい。僕の知識不足が最大の原因だけど、翻訳も読みやすいとは言えない気がする。マルクスの論理と思考の緻密さにまだ慣れていないのだと思う。そのうち自家薬籠中のものにしたら、自分の言葉で話すこともできるようになると思うけど」

「私の友達で資本論を読んでいる人は誰もいないし、そんな話をしてくれる人もいないわ。だから美高さんから教えて貰うのを楽しみにしている。それに私があなたを相手にしなかったというのは、あなたの誤解です。私だってこの間、あなたはどうしているのかといつも気に病んできたわよ」

「え、本当！　本当ならこんなに嬉しいことはない」

颯には予想外の言葉だった。自分の認識を根底から覆す深い意味があった。だから適切に返す言葉がすぐに見つからなかった。美紫緒は一呼吸おいて、言った。

「大学の方はどうですか」

「東大では二年間は、駒場の教養学部で学び、専門科目の講義は本郷に行ってから学ぶのだけれど、早稲田は一年生から専門科目が配置されていて、毎年少しずつ増えていく。僕には早稲田のやり方の方がありがたい。講義は無欠席で出席しているよ」

「そうなの。あなたの眼をみていると、本当に学問に惹かれているのが解る気がするわ。意気込みが伝わってくるわよ」

「そう言ってくれるのは嬉しいよ。大学の講義は、面白い。高校の授業とはまるで違う。ただちょっと恥ずかしい話なのだけどね、一年生の夏休みに熊本に帰って、『ただいま』といってリビングに入ると、親父が開口一番『権利とは何ぞや』と訊いてきた。面食らってすぐに応えられないでいると、『法学部に入ってそんなことも分からないのか』と言われちゃった。返す言葉がなかった。確かに民法でも刑法でも権利義務の体系なのだから、もともとの権利がどんな概念かきちんと定義できるようにしておく必要があると思った。質問に応えられないでいると、親父は、『美濃部達吉は権利とは人民の意思であると言っている』と教えてくれた。なるほどと思った。父は学生時代に美濃部の講義を受けているからね。」

夕暮れどきになったので、シンポジウムに遅れないように早稲田に行くことにした。喫茶店を出てタクシーを拾い、正門前でタクシーを降りてシンポジウムが行われる一〇号館に向かった。二人は演壇から中ほどの空席に並んで座った。

二人が着席してしばらくすると、人がどんどん増えシンポジウムが始まった。テーマは「近代の超克と日本」であったが、竹内好をはじめマスコミでも有名な人物がシンポジストだったこともあり、会場の空席は開始直前には満席となり立ち見もでる状態だった。

染色を専攻している美紫緒をこんな固いテーマのシンポジウムに参加させるのに、颯は少し気が引けていたが、老練な知識人たちはここが大学祭で観客が学生であることをさすがによく心得ていた。

最初に、シンポジストの各々が自身の問題意識を自由に語ることから始まった。アメリカの北爆（ベトナム戦争）、松川事件、日韓基本条約、中国の文化大革命など、マスメディアで報道されている現代社会のトピックスをそれぞれが独自の切り口で語り、日本の近代に繋げる形で喋った。誰が聞いても分かりやすい言葉で、新聞では得られない目新しい情報を交えながら語った。聴衆からの質問も受けたが、時に笑いの渦を起こしながら話をするので、和やかな雰囲気が醸し出された。

美紫緒は退屈するどころか、目を輝かして聞き、笑うべきところでは笑っていた。美大では味わえない雰囲気が面白かったのである。彼女は何にでも興味を持つ女性であるが、啓発される話も多く、成熟したインテリの話はこんなに面白いものなのかと思いながら聞いた。美紫緒が面白がって笑っているのを見ると、颯も大いに嬉しかった。帰りは西門から高田馬場駅まで歩いた。

「どうだった？」

「来てよかったわ。やはり美大の学園祭とは雰囲気がまるで違うわ。いろいろ面白い話が聞けたし、考えなければならない問題がたくさんあるわね」と嬉しそうに応えた。

颯は彼女の帰宅時間を気にしていたが、少し時間の余裕があると思って、高田馬場駅前にある「白鳥」という喫茶店に入った。「白鳥」ではコーヒーとケーキを注文した。お昼から長い時間を共にしたことで、二人の間にあった薄い蟠《わだかま》りの壁が消え、初対面の原点に戻った気がした。二人の気持ちはすっかり溶け合い、余計な言葉が要らなくなっていた。

颯はデートが決まった日から最愛の女性に会えると思うだけで、ずっと緊張していたが、美紫緒の方は彼の変化を見定めたいという冷静な気持ちを持ち、今も初対面の時のように、眼差しに情熱が残っているのかが気になっていた。

美紫緒は午後からの半日を共に過ごして、この人はとても純粋で誠実な人だと思った。自分を好いてくれていることは何の疑いもない。二年七カ月ぶりの再会だったが、心の奥深いところで安堵している自分がいた。

颯は話題に事欠く男ではない。どんな話題も切り口が斬新で聞いたことのない問題を引っ張り出したり、新しいモノの見方を示したりしてくれる。現実に生起する日本社会の問題を見る視点にも啓発されるものがあった。やはり美高さんは凄い人だわと感じ入った。

彼の眼差しを素直に受け止めていれば、愛されていることを肌で感じることができたし、見つめ合っているだけで共感し合うものがあった。初対面の時に魅かれながら、その後何の進展もないので、美紫緒は恋の芽は育たずに枯れる運命なのかと諦めかけていたが、颯は忘れるどころか、一層強く思い深めていただけでなく、この間ちゃんと自分を磨く勉強もしてきたことを感じた。

一緒に過ごすうちに、美紫緒は自分の中に最初に抱いた好意とは別に新しい恋心が芽生えていることに気付いた。二年七カ月振りに見る颯は、青年としての新しい魅力を瞳にも立ち居振る舞いにも身につけていた。美紫緒が感じた新しい魅力は、彼女自身の女性としての成熟がもたらした結果ともいえた。男として成長した彼に新しい女としての感情が自然に湧き出してくるのだった。

美紫緒を下宿まで送り届けるために、二人は高田馬場から山手線で新宿に出て丸の内線に乗り換え、東高円寺で降りた。彼女の下宿までは十分程かかったが、夜道を二人で歩くのは颯にとって夢のような時間だった。晩秋の冷気も全く気にならなかった。

中村橋のアパートに帰ったとき、颯は一文無しであった。彼はデートに際して女性に一円も出させない主義を貫いていたが、貧乏学生のくせに大学までタクシーに乗ったのも響いた。颯自身は有り金をすべて使いきっていた。

自分の部屋に着くと、ひどい空腹を感じた。考えてみると夕飯を食べていない。有泉のアパートに行ってみたが、彼は帰宅していないし、帰ってくる気配もない。栄荘に引き返して一円玉をかき集めると十円になった。颯は駅に近い揚げ物屋で、コロッケを一個だけ買って口に頬張った。美味しかった。初デートを飾るにふさわしい一文無しだと思った。

美紫緒を下宿まで送りながら、颯は敢えて次のデートの話を持ち出さなかった。彼女の多忙さを想うと、すぐに日時を決められないだろうし、この幸福感に少しの疵《きず》もつけたくなかったからである。幸福感とは自分が深く彼女を愛しており、彼女もそのことを十分に理解していることを意味する。

颯は美紫緒に対して性的欲情に悩まされることがなく、性的な関係をもちたいという欲望と闘う必要がなかった。どうしてなのか、自分でもよく分からないが、彼女がいれば幸せだったし、美紫緒と居るだけで喜悦に浸ることができた。美紫緒が彼の言葉に耳を傾け、関心を示してくれるだけで心が落ち着き、愛の情熱は滾々《こんこん》ととどまることなく溢れ出てきた。今度会ったら唇を奪おうとか、押し倒そうというような邪気がうろつく余地は寸分もなかった。

彼女の気高い精神と優しさを理解することが最も大切なことで、彼女の手を握り、肩を抱き、唇に触れることなど格別に意味があるとも思えなかった。欲望も快楽希求も意志として表に現れてこないのである。颯は目の力で、声で、態度で自分の愛情は表現されていると思っていたが、それはごく自然に美紫緒の気持ちに沁み込んでいた。

颯は二年七カ月振りの再会を機に、自分の思いを素直に伝える手紙を書くことにした。書けば、新しい言葉が生まれる。彼女に会えなかった最初の一年余の苦しみにも触れた。美紫緒は自分の中で、「不可欠の詩」になったと書いた。「不可欠の詩」とは、「それなしでは生きられない存在」の謂であり、その詩を読めば力が湧き、気持ちが洗われる。「あなたは僕にとって、そのような存在なのだ」と。そして、美紫緒が正月に熊本に帰る前に、もう一度会いたいので時間を作って欲しいと伝えた。

数日おいて颯は電話をした。美紫緒は電話口に出ると、まず「雨が降っていて嫌ね」といった。彼女は自然な会話を心掛けようとしていた。颯の手紙に心打たれたのだろうか。彼女は外の雨に注意を向けることによって、お互いに先日のデートの甘美な充足感を保持したかったのかも知れない。

日曜日に紀伊國屋書店で会うことになった。彼女がすぐに約束してくれたことが、ものすごい喜びの波動を起こし、颯は電話ボックスを出ると、嬉しさのあまりアパートまで駆け出した。この日、同じ染色科の学生たちと担当教授の家を訪問することになっており、正確に何時に行けると約束できないが、「一応三時ということでいい?」と言った。「僕は何時間でも待つから、先生の処では、どうか僕との待ち合わせのことは忘れて心ゆくまで楽しんできて下さい」と伝えた。彼女は四時二十分に現れた。

美紫緒は、鶯《うぐいす》色のタートルネックのセーターに純白のウールのコートに皮のブーツを履いた姿で現れた。左手で大きな本などを胸に抱え、右手には何本かの花の入ったバッグみたいな洒落た鞄をもっていた。教授宅訪問というより、デート用の出で立ちと言っていい。

颯はやや奥まったエレベーターの横で待っていた。彼女は急いでやってきて、キョロキョロ顔を左右に回した。最初その美しい女性が美紫緒だとは分からなかったが、彼女は颯を見つけると、にっこり笑い近づいてきた。喜びの感情が彼の身体を突き抜けた。

「待たせてご免なさい。なかなか抜けられなくて」

本当に済まなそうにいう。正直な素顔、天使のような人だと思った。

「来てくれるだけで大満足だよ。四時間だろうが五時間だろうが、会えるのであれば何時間でも待つ。遅れた理由を弁解する必要なんか何もないよ。会えただけで感激なのだから。あなたが会ってくれるというのなら、富士山の頂上までも走って会いに行くよ。あなたは僕にとって、そういう女性なのだ」

田中角栄の「私の履歴書」によれば、初デートの際、彼女の姿が見えたのに、ほんの少し遅れたことに怒って、その場を去ったという。惚れていない女とデートなんかするから、「待てない」のだ。惚れた女であれば、待つことは何の苦痛でもない。恋焦がれた女性が目のまえに現れる。これ以上の喜びが一体どこにあるだろうか。いくら待っても苦痛などある訳がないではないか。

美紫緒の先導で、新宿駅に新築されて間もないマイ・シティー八階の「プチ・モンド」に行った。美紫緒はどうして、このような洒落たレストランを知っているのだろう。大学とアパートの往復以外、街にでることのない颯は、彼女の店の選択から食べ物の選択まで何もかも気が利いていて上品に感じられた。

二人は四人席の机に向かい合せに座った。美紫緒は眼で促して「あそこの二人はお見合いしているのよ」と笑顔で言った。颯は首を回して探したが、分からなかった。

正面を向き直して、美紫緒の漆黒の眼を見て真剣な表情で言った。

「美紫緒さん僕と結婚してくれんね」

いきなり飛び出した言葉だった。美紫緒の眉間に一瞬真剣な表情が現れたが、彼女は「うふふ」と笑った。彼女も驚いたのであろう。白面の青年のいきなりの求婚である。

颯は結婚について深く考えたことはない。この日プロポーズすると決めていたのでもない。結婚とは何か、結婚にはどういう条件が必要か。結婚に繋がる大小様々な社会的慣行についても、何ひとつ知らず考えてもいなかった。

「結婚してくれ」という言葉は、この世であなたが一番好きだ、あなた以外に自分が一緒になりたい女はいない。だから妻になってくれという意味である。

美紫緒は嫌な表情を微塵も見せなかった。彼女は颯が自分に心底惚れていることは分かっていた。このプロポーズが真心を吐露した言葉であることも理解していた。「うふふ」という言葉と笑顔には、この場を誤魔化そうという気持ちは一切無かった。むしろ「お断りはしない」との意志が示されていた。二人の現状を鑑みれば、この応え方しかできなかったのである。結婚についての具体的な質問、例えば結婚式の時期、住居、生活費などを質しても、彼は何も答えられないことを彼女はよく知っていた。

美紫緒はどういう結婚観を持っていたのか。必ずしも一定の理想が念頭にあったのではない。お見合いの話が持ち込まれる年頃になり、彼女は自然に二つのことを決めていた。一つは医師とは結婚しない、いま一つは財産や地位を売りにする人はお断りする。

美紫緒は颯に「私は結婚して少し苦労してみたい」と言っていた。これは颯にハードルを下げておく意図があったが、内容的には自分の目的に向って情熱をもって挑んでいる男性に魅力を感じ、そういう男性と協力して人生を創ることに人生の喜びがあると考えていたのである。

美紫緒の自宅の応接間で初めて視線が合ってから約三年後の再会である。美紫緒は颯の中に『学問への情熱』が生まれていることを発見した。以前の彼にはなかったものである。学者になる気なのか、裁判官や弁護士になる気なのか聞いてないが、彼の瞳には学問あるいは学ぶことへの情熱が明らかに見て取れた。

他方、颯は自分の能力が何に適しているのかまだ分からなかった。法律の論理は面白く、自分の頭にもよく馴染むと思ったが、将来のビジョン、どんな仕事に就き、何を生涯の目的として生きていくのかについては茫漠としていた。

恋人に対して「売り」に値する具体的なものは何もなく、在るのは「未来」だけである。「未来の可能性」だけが彼女を幸せにする根拠であった。愛する永遠の女性は見つけたが、彼女にアピールする具体的な材料を示すことはできなかった。「結婚してくれんね」としかいえなかった所以である。

確かに美紫緒は、颯の自信と胆力は並みの青年にはないものであり、「未来」に花開く何かがあると強く感じていた。結婚してくれといいながら、颯は美紫緒の指一つ握ろうとしない。一緒に肩をくっつけあって歩いていても、彼女の気持ちは通じている筈なのに手を腰に回したりしない。あくまでも礼儀正しく、レディーとして扱う姿勢を崩さない。初心で大胆になれないのではなく、心から美紫緒を愛しており、今はそれを分ってもらえれば十分だと考えていたからである。

美紫緒は四年生になり、卒業後には熊本に帰ることになっていた。美紫緒に結婚を申し込んだ後、颯は「恋と結婚」について考えるようになった。世界一好きな女を他の男と見合い結婚させるために帰熊させる訳にはいかないし、「必然の恋」をこのまま諦める積りもなかった。

文科系の学生の多くは三年生の春休み前後から就職活動を開始するが、颯の場合、卒業時に仕事に就いて企業戦士になりたいという気持ちがまるでなかった。法律学の論理は自分の頭に向いていたし、大隈奨学金も継続して支給されていた。その気になれば一流企業への就職も容易であったが、卒業後の進路として彼の頭に浮かんだのは、官僚、弁護士、新聞記者、それに研究者（大学教師）くらいである。これらは法学部では、一般に成績優秀者の目指す職業であった。研究者を除いては仕事の内容もよく知られており、大学の就職部では、若手の先輩を招いて職業紹介的な催しもしばしば行われていた。

颯は大学教師については、どんな能力が必要で、どういう手順を踏めば研究者になれるのか皆目分からなかった。それ以外の仕事については、面白いかも知れないという程度の関心はあったが、特に強く惹かれることはなかった。

転機になったのは、三年生から始まる少人数の演習（ゼミナール）であった。担当の教授や参加学生と議論できる点に特色があった。民法が好きだった颯は、三年次には担保物権法を、四年次には土地法を選択した。担当教授は二人ともに学会のトップランナーとして活躍しており、ゼミでの議論も迫力と学問的刺激に満ちていた。颯はよく勉強もしていたが、議論にもめっぽう強く教場で彼に敵う者はいなかった。

水本教授が「一度話がしたいので研究室に来て下さい」というので訪ねると、「研究者になるように」と強く勧めて下さった。ゼミナールでの議論を通して問題を深く掘り下げることの楽しさを味わっていたので、初めて研究者という職業に開眼させられた。しかし、研究者の途を選ぶことは、美紫緒との結婚に大きな課題を残すものであった。結婚して家庭を作るには、職に就いて経済的基盤を作らなければならないが、大学院進学は何時になれば大学に職を得ることができるか不明であった。

美紫緒をとるか、それとも内面の充足感（野心）を優先させるべきか、颯は悩みに悩んだ。研究者の道を選んだとしても、一体何時になったら、助手なり講師なりの職を得て生活できるようになるのか、まったく予測がつかない。しかし情熱を欠いたまま、官僚や弁護士やジャーナリストになることは、生活の経済的基礎に資するとしても、本当に自分がやりたいことを放擲するに等しい。特に美紫緒のように、何不自由なく育ってきた女性と結婚して経済的苦労を強いることは、颯にとって耐え難いものがあった。

当時大卒女性が共働きすることは稀であった。実際、颯の浪人中に立田山での早朝のデートで「初恋です」と告白した中村幸子は、三年生で熊本大学医学部卒の医師と婚約し、卒業の翌月には式をあげるというし、純子も熊本で熊大医学部卒の医師と婚約した。美紫緒との再会後、颯は美紫緒に夢中になり、同じ東京に居ながら純子をデートに誘うことはなく、彼女の方も颯がすぐ結婚できる状態にないことは肌身で感じていた。

研究者になるにしても、何を専攻するかの問題があった。水本教授は当然民法学者になることを勧めたのであるが、颯はもう少し広い視野に立って法律を考えたいとの気持ちから、行政法を選択することにした。行政法とは所管する行政機関が当該法律を執行することによって政策を実現する法律のことをいうが、毎年国会で制定される法律の大半は行政法である。行政法を選択したのは、第一に、現代国家は行政権が政府活動の中心になっており、具体的な政策立案も法案作りも実質的には行政権（官僚）が行っている。第二に、現実に生起する法的紛争を解決するためには、無数の行政法規、自治体の条例等の規制を受けており、行政法の知識なしに現代の公的問題を解決することができない。第三に、行政法の通説は明治憲法下に成立した法治国家論を基礎にしており、国家意思を優先する解釈がとられてきた。

これに対して、颯は「法の支配」を原理とする新しい行政法理論を創造すべきだと考えていた。彼の考えはこの時点では未だ茫漠としていたが、日本国憲法は「法の支配」を基本原理としており、何よりも人権価値が優先されなければならないというものである。

ところで、美紫緒は結婚の申し込みに対して正式な返事をしていなかったし、返事が必要だとも思っていなかった。彼女は「あなたが世界一好きだ」という颯の告白を寸毫も疑わなかった。颯は大学院に進学し学者になりたいという意志を彼女に伝えるべきかどうか、大いに迷っていた。正直に話をすれば、彼女は待つことも、協力することも厭わなかった気もする。美紫緒は生活の金銭的豊かさに、少しも憧れをもっていなかった。夫婦で目標に向かって助け合って生きていく結婚を理想と考えていた。颯に接する度に、颯への愛情は日ましに強くなっており、志をもった夫と協力しながら歩むのであれば、「苦労」してみたいとさえ思っていた。

颯は悩みに悩んだ。必然の恋人、理想の女性を目の前にしながら、結婚して彼女を幸せにするプランが立たない。颯のだした結論は、自分には美紫緒を娶る資格はないので、「身を引く」というものであった。愛情では誰にも負けない自信があったが、客観的条件の面では自分以上の男はいくらでもいる。男子としてとるべきは、潔く身を引くことだと考えた。

美しく聡明で人柄もよく控えめで良識も備えた女性。誰が見ても引く手数多である。彼女を愛しているのであれば、彼女の眼前に広がっている幸福の可能性を邪魔するべきではない。彼女を愛すればこそ、この辛い決断をしなければならない。そこで、颯は大旨次のような便箋二十枚程の長い手紙を書いた。

《あなたも四年生になり卒業も近い。僕の方は国家公務員、弁護士、新聞記者などの職に就き、はやくあなたと結婚したいという気持ちも強い。これまでどの道を選ぶべきか進路に迷っていたが、ゼミの先生から大学院に進学し研究者になることを勧められ、迷いに迷い考えに考え抜いたが、やっと学者の途を選ぶ決心がついた。

問題はこの途は不確定要素が多く、特に研究者としてポストを得て妻を苦労させないだけの経済的安定を得るには、何年かかるかが正確に分からないことである。あなたに対する愛情は誰にも負けないが、現在の僕には「未来の可能性」しかない。僕はあなたの幸福を妨げる存在であってはならないと思う。僕は世界の誰よりもあなたを愛しているが、現在の僕にはあなたと結婚して幸せにするだけの資格も財力もない。

あなたは美しく頭も性格も文句のつけようのない女性であり、あらゆる点で好条件を既に備えている。あなたを真に愛している限り、「潔く身を引く」ことが僕のとるべき途だと考えるに至った。

あなたを初めて見たとき、この人しかいないと思った。顔も声も姿も性格も全てが最高の女性であり、あなた以上の女性がこの世にいるとは思えない。僕はまだあなたの手も握っていないが、それは初心で勇気がないからではない。あなたを見て語りあうだけで至福になれるからであり、あなたの気持ちを確認するまでは我慢すべきだと思っているからである。言葉で何度も伝えたように、あなたの全てを僕は愛している。気に入らない所は何一つない。現在の僕は、とりあえず「身を引く」ことでしか自分の愛情と誠意を示すことができない》

美紫緒はこの手紙を読んで泣いた。手紙が美紫緒に届いた頃合いを見計らって、颯は美紫緒に電話をかけ新宿のコマ劇場の地下の喫茶店ジローで会うことになった。美紫緒は、真摯な文面のなかに颯の真剣な思いと素直な謙虚さを感じた。熱い情熱と潔さが溢れていて心打たれたことも確かである。

しかし、彼女は物足りない思いと怒りも強く感じた。颯と二人で協力して作る生活はどんなに楽しいだろうと夢も膨らませていた。余りに勝手な振る舞いだからである。もっとグイグイ引っ張って行って欲しいと思っていた。颯と二人で協力して作る生活はどんなに楽しいだろの気持ちはどうしてくれるのか。納得いかない。彼女は座席につくと颯を睨みつけ、すぐに「この手紙は返す」と言った。手紙は鋏で綺麗に開封されていた。その時の彼女の怒りに燃えた眼と表情は生涯忘れられない。

「こんな弱気な美高さんは大嫌い！　この手紙は返す」眼は涙で赤くなっていた。

美紫緒は彼との最初の出会い、自分に見せたありったけの愛情表現、大切にしてくれた振る舞い、会うたびに好きになり、あなたと結婚したいと思っていた。この私の気持ちはどうしてくれるの。世界一愛していると言ってくれた。あなたとなら苦労しても人生を切り拓けると思っていた。美紫緒は口に出して何か言おうと思いながら、ただただ涙が溢れるばかりで言葉が出てこなかった。

手紙を読みながら驚き、怒りに震えながらも、同時に彼の立場も理解しようとした。美紫緒の頭はいつもそうであるが、必ず相手のことを先に考える。彼の学問への情熱は肌で感じていた。だから自分も彼の決断を尊重して颯の深い愛情に応えるべきではないかと思った。

「私の後悔するような人になって」と言ったものの、どうしてもこれが最後の別れだとは思えない。心のどこかに彼の考えが変わるかも知れないと思っていた。手紙には「自分の誠意と愛情は、こういう形でしか表現できない」と書いてあるが、まだ彼女の結婚が具体化したわけでもない。自分の気持ちを聞きもせずに一方的に決定するというのも酷いと思った。

颯はいった。「あなたが将来誰かと結婚して、もしも不幸になることがあるとしたら、僕は何がどうあろうと、すぐにあなたのもとに駆けつける。僕が必要だという時がくれば、あなたのためにあらゆることをする。必要があれば即結婚する。仮に妻がいようが、子どもがいようが、別れて断じてあなたと結婚する。これは男としての僕の永遠の約束だ」

力のこもった断固たる言葉だった。美紫緒の瞳を見つめる眼差しには真剣な力があった。

「それほど好きならなぜ諦めるの」

「僕は諦めるとは言っていない。《自分の永遠の詩、永遠の女性》を諦めることなんかできる訳がない。神ならぬ身に未来の予測はできないが、チャンスはいずれ必ず来る。だから僕はその時まで現在と変わらない愛情を抱き続ける」

第五章

美紫緒の結婚生活

例えば、芍薬の根は大地から養分を吸い上げ、枝葉に太陽の光を受けて生命を維持し、命の素を茎頭に届けて美しい花を咲かせる。人間も同じである。根に相当するのが性であり、性の逞しい躍動が美しい花となって美をもたらす。美の実質は性の躍動であり性の香りである。

颯と付き合っていた大学時代の美紫緒には美しい輝きがあった。ところが、颯が美紫緒から「身を引いた」後、美紫緒は虚脱感に陥って心の片隅に人間不信の気弱な気持ちを抱えていたため、笑顔にも真の輝きが消えていた。

颯を失うことで、彼女が考えていた「未来の希望」が見失われてしまった。自分は実質的に「袖にされた」のだと思った。しかし、颯が最愛の女性を袖にすることなどありえない。颯は美紫緒にプロポーズしておきながら、「あなたは全てを備えており、選り取り見取りでどんな男性とでも結婚することができる。他方、僕は職業も定まっていないし『未来の可能性』しかない。何時になったらポストを得て一人前の研究者と認めて貰えるか分からない。最愛のあなたを経済的困窮に追い込んで苦労させることはできない。現在の僕にはあなたを娶る資格がない。あなたの眼前に拡がる幸せの世界を自分が邪魔する存在であってはならない。心から愛すればこそ身を引くのが自分にできる最大の愛の証だと思う」

そう言って去って行った。

美紫緒は大学に入学して真面目に学業に打ち込んでおり、他大学の学生から持ち込まれる合コンなどには全く関心を示さなかった。好きで選んだ道であり、与えられた課題に打ち込んでいた。三年生の秋に颯から電話を貰ったときは嬉しかった。二年七カ月ぶりの再会であったが、彼はすっかり落ち着きのある青年に成長しており、社会と世界に対して鋭いコメントを出すまでになっていた。美紫緒は諦めかけていた恋心が動き出したと感じた。デートを重ねるたびに、颯の誠実さが身に沁みて感じられどんどん好きになった。颯は人生初めてのプロポーズもしてくれた。返事はしなかったが、断ってはいない。その時の彼女の嬉しく輝いた顔を見れば、彼女がこれを受け入れる気持ちだったことは一目瞭然だった。自分は颯と結婚するのだと夢を膨らませていたところに、突然の「身を引く」という手紙である。到底納得できなかった。

「こんな身勝手なことが許されて良い筈がない」

彼の手紙は美紫緒の気持ちを一顧だにしていない。自分の将来が具体的に見え難いので、美紫緒を幸せにできないというだけの内容である。美紫緒は颯の気持ちの前提にある「学問に対する情熱」の強さに打たれ、今「脚を引っ張るべきではない」と考えて、とりあえず、その申し入れを受け入れた。

しかし、あの時泣いてばかりいずに「あなたが私を諦める理由は愛の証を示すためではなく、単純な自分中心の論理でしかない。何の説得力もないわよ」と食い下がるべきだった。強い愛を示せば彼は必ず美紫緒を受け入れたであろう。

「二人で未来を切り開きましょう。あなたとだったら、自分はどんな苦労も厭わないわ」となぜ言わなかったのだろう。爾来ことある毎に、美紫緒はこの日のことを想い出して後悔して生きてきた。

颯もこの日の短慮をどのくらい後悔して生きてきたことか。このことが二十一年ぶりの再会であったにもかかわらず、時の隔たりを何一つ感じさせず青年時代の気持ちのまま再会し、お互いに意図せずに自らの好意を弾《はじ》けだして憚るところがなかった遠因であった。

大学を卒業して熊本の実家に帰ると、東京とは全く違う空気に満ち溢れていた。親の世代に較べれば、結婚適齢期は少し遅くなっていたが、聞こえてくるのは、誰それが結婚した、婚約したという話ばかりである。東京で学業に専念してきた美紫緒にとって、まるで別世界に足を踏み入れた感じがした。一挙に結婚圧力が強く圧し掛かってきた。

男女の関係は、戦前と大きく変わり、新憲法の下では男女平等が根本的な規範となり、平等の理念は陰に陽に社会に影響を与えつつあった。にもかかわらず、いざ結婚ということになると、現実の日本社会では家柄、財産、学歴など、個人の人格と直接関係しない要素が人々の意識下で重視されていた。

美紫緒の場合、大学時代も熊本に帰ってからも大いに流行っていたダンスパーティーやダンスホールに行ったことはなかった。概して良家の大卒女性の場合、その手の安易な男性探しに奔《はし》ることはなく、静かにお見合いの話を待ちつつ、他方で主婦の必須の素養として、料理、お茶、お花などの教室に通って、これらの基礎的素養を身に付け、良い縁談がくるのを待つのが一般的風潮であった。

美紫緒が帰熊したことは、すぐに知れ渡り病院経営も順調であることから、次々にお見合いの話が持ち込まれた。全て適齢期の医師からものであった。学歴も家柄も申し分ないものばかりであった。母親の光沢はいくつも写真・身上書等を美紫緒に見せて勧めて見たが、彼女は「医師とは結婚しない」との考えを改める気配を微塵も見せなかった。

熊本市は九州では福岡市に次ぐ大都市であるが、これという大企業がある訳ではなく、医師以外の職業で立派な男性を見つけるのは大きな限界があった。キャリアの国家公務員はほんの一時期だけ熊本に居るに過ぎないし、県庁や市役所の公務員には大卒とはいえ飛びつくような相手はいなかった。中学、高校時代からの仲良しの医師の娘たちは次々と開業医と結婚していったが、彼女には「医師以外」の適当な男性が見つからないのである。親も焦り、美紫緒も焦りを覚えないではいられなかった。

彼女が大学を卒業して二年目の秋のことである。父親の明寿が神戸で行われた学会に行った折、芦屋で内科医を開業している京大時代の友人と会い、娘の見合いの相手（医師以外）を探してくれるよう依頼した。明寿が熊本に帰って、十日もしないうちに友人から電話があった。

お見合いの相手は中山憲一といい、神戸大学の工学部を卒業して大手電機メーカーに勤めている四つ年上のエンジニアであった。彼の三つ上の姉は京都大学医学部卒の医師に嫁いでいた。憲一の父親は東大工学部卒で大手鉄鋼メーカーの常務をしており、母親は元東大医学部教授の娘であった。神戸の自宅は五百坪あり、門構えの立派な家で相当の資産家だということだった。明寿も光沢もこれまで持ち込まれた身上書と較べれば格段に立派なものだと思った。美紫緒は「会ってもいい」と言った。

話は順調に進み、十一月に神戸のホテルでお見合いをすることになった。お見合いの席には、仲介役の友人のほか、両家四人の親が同席した。仲人の型どおりの紹介のあと、当たり障りのないことが話題となっただけだった。事前に交わした身上書で兄弟を含む家族全員の情報が共有されていたので、既知の事柄の上っ面を撫でるようなことしか話題にならなかった。

当事者二人だけで話をする時間も必要であるから、二人を残して他の人たちは一端席を外した。憲一は自分の会社の概要と入社してから今日まで、自分がしてきた仕事について話した。身上書を読み上げたような感じで、何一つ気を引くような面白いエピソードはなかった。大人しく真面目で素直な男であることは窺がわれたが、これという欠点も見えない代わりに魅力もなかった。美紫緒は「ビビビ」とくるものを何も感じなかった。

美紫緒の方も彼に合わせて大学でやってきた染色のこと、卒業後は熊本に帰って花嫁修業として料理、お茶、お花などを習ってきたことを話した。

二人の話は盛り上がることもなく、彼がどういう人物なのか真の姿の一端も見えなかった。この人は女に慣れていないと思ったが、自分の内面を隠しているのではなく、語るべきものがないのだと思った。結婚しようという女性を前に話題をリードする力量が全くない。美紫緒はこれ以上、話すこともないと思い、ホテルの人に連絡してもらって、再度みんなが集まり二人の話も済んだということで散会した。

彼女は口には出さなかったが、長い間心の奥で自分に初めてプロポーズしてくれた颯だったら、興味ある話題を次々に繰り出して退屈させることはないだろうと思った。あの頃の颯は「これからは学問をする」と希望に燃えていたが、彼の研究の切り口についての話もきっと分かりやすく興味を持って聞くことができただろうと思った。その後颯が自分を迎えにきてくれることを期待していたが、幸福の虹は地上に届かず消えてしまったと彼女は思っていた。

颯は美紫緒と別れた後、女性の友人知人は何人かできたが、本気で好きになったり夢中になったりする女性は現れなかった。美紫緒への愛は消えるどころか、より強くなりずっと苦しめられてきた。

神戸での見合いを終え熊本へ帰る新幹線の中で、美紫緒は寡黙であった。光沢は美紫緒が何か感想を言ってくれることを待っていたが、彼女は自分から感想を述べようとしなかった。そこで母親は「どぎゃんだったね」と感想を求めたが、美紫緒は「大人しい人ね」といっただけだった。

光沢は「お母さんは品のよか人だったね」と話を続けたが、美紫緒は「そうね」と言っただけだった。母親は美紫緒の様子から、憲一に惹かれなかったことだけは確かだったと思い、口には出さなかったが、内心では落胆していた。

今回の見合いについては、まだ相手の反応も届いていないので、美紫緒は相手から「是非」と言ってきた場合に考えてみようと思っていた。颯を含めてまだチャンスはあるような気がしてならなかった。しかしチャンスが確実にくる保証はないし、卒業後二年もたつと、中学高校時代の友人が次々と結婚していった。結婚の圧力は彼女にも大きく圧し掛かっていた。

明寿も光沢も東京に嫁ぐよりも神戸の方が熊本から近いのは幸いという気持ちはあったが、今回の相手に是非決めて欲しいとは思わなかった。明寿も光沢も憲一に自信も覇気も感じられないのが物足りなかった。身長は百八十センチもあるのにスポーツマンという訳でもなく、学生時代に何かに打ち込んだ風もない。面白いエピソードも人を引き付ける魅力もなかった。

最初に四人で歓談した際も、憲一から気の利いた話題がでることはなく、快活さも感じられず、全体として会話は弾まなかった。明寿も光沢も、憲一の寡黙さから穏やかで平凡な男との印象が強く、浮気をして娘を悩ませるような男ではなさそうだという点で一致した。これが唯一のプラス評価だった。何事にも興味をもち才覚に長けた美紫緒は、この男に我慢できるだろうかと不安を覚えた。美紫緒の表情にも心から嬉しそうな笑顔が見られなかった。

二人は仲立ちした父の友人からの情報で、中山家が父親の前まで代々続いた医師の家系であり、少なくともおカネで苦労することはないだろうとの思いが、積極的に反対めいた言葉を言うのを妨げたといっていい。二人とも、お見合いなんてこんなものだと納得しようとした。

ほどなく仲立ちした友人から、中山の方は「是非結婚したい」との知らせがきた。明寿は美紫緒に「何も急いで決めなくてもよかよ。気に入らなければ次のチャンスを待てばよかけんね」といった。光沢の気持ちは複雑だった。そろそろ片付いて貰いたいと思う反面、ここで安易に妥協することもないという気持ちも強かった。

美紫緒はいろいろ考えたが、この話を受けるほかないと思った。憲一に惹かれるものは何もなかったが、特に嫌な男だという訳でもなかった。これからまた相手を見つけるとなると、特に父にはあとひと踏ん張りしてもらわなければならない。これまでも父の努力で医師以外の数人の見合い相手から、身上書、写真等が届けられたが、美紫緒は全て断ってきた。美紫緒は父に負担をかけるのは悪いという気持ちを強くもっていた。それに今どき、お見合いでしか妻を見つけられない男性に「覇気や魅力」のある人物などいる訳はないとも思っていた。

美紫緒は口には出さなかったが、内心では颯はその後どうしているのか気になっていた。大学卒業後一度だけ彼の誕生日に熊本の実家宛に葉書を出したが、「誕生日おめでとう」という単純なもので、自分の近況に触れなかったし、返事を期待するような言葉もない素っ気ないものだった。自分の方から会いたいと手紙を書くのは、二人の別離の経緯からも憚られたからである。返事はなかった。颯の両親は颯が死ぬほど美紫緒が好きだということを知らなかったし、単純な誕生祝の葉書だと考え、東京への転送をつい失念してしまっていた。

美紫緒は颯の新住所を知らなかった。仮に美紫緒の葉書が颯に届いていたならば、彼は飛びあがって喜んだに違いない。卒業後二年も経つのに、まだ結婚していないと分れば、自分からすぐに連絡をとったであろう。それに学者への道筋も少し見え始めていた。素っ気ない文章であっても颯はその真意を読み取ってすぐ電話をしたであろう。美紫緒がまだ独身だと分れば、彼の気持ちは俄然変わったに違いない。再び美紫緒へ猛アタックをかけていたに違いない。颯が愛してやまない美紫緒のさりげない文章に込めた美徳が、結果的に颯のチャンスを阻んだともいえよう。運命は微笑まなかったのである。

お見合いの仲介者から「結婚したい」との連絡を受けた二日後、美紫緒は「相手が是非ということであれば了解する」と母に告げた。光沢は手放しで喜べなかったが、ひと安心という気持ちはあった。

「本人よりもお母さんが気に入ったつだろう。ほんに品のよか人だったけんね」

「確かにお母さんは、上手く付き合っていけそうな人だったわね」

実際、憲一の母親は育ちの良さが全身からでている品のある女性であった。光沢の見立て通り母親の上品さは美紫緒が承諾する上で、積極に傾く大きな要素だったといっていい。

美紫緒からの返事が届くと、話はとんとん拍子に進み、翌年五月九日に神戸のホテルで結婚式をあげた。

新婚旅行はハワイであったが、当時相当のおカネ持ちでないと新婚旅行でハワイには行けなかった。ハワイを勧めたのは中山家の父親一郎である。明治生まれのこの父親は、「嫁を貰う」という意識が強かった。昭和二十二年に親族法が全部改正される前の旧法では、家制度のもと、戸主には子どもの婚姻につき同意権があった。これは事実上嫁を決める権限に等しい。一郎には旧制度の観念が抜けていなかったため「嫁を貰う」という意識が強かった。

日本国憲法のもとでは、旧「家制度」に代わって、婚姻は「両性の合意のみに基づいて」成立することになった。従って、妻は中山「家」に入るのではなく夫と新しい戸籍を作り、二人で新しい世帯を設けることになる。今でも妻を戸籍に「入れる」と言う人が多いが、これも旧家制度の観念を引きずったもので、新しい戸籍を「作る」と言うべきであろう。

一郎の旧い意識のために、自分の気に入った「嫁を貰った」ということで、父親は宝塚の一等地に土地と家を買い与え、新婚旅行もハワイに行かせるという大盤振舞をした。おカネは全て一郎が出したことは言うまでもない。

一郎はお見合いの席で、初めて美紫緒を見て大層気に入った。立ち居振る舞いの上品さ、両親への挨拶も立派なものであったし、六人の談笑の席でも笑顔を絶やさず、聞かれたことには適切に応え、かといって相手方の両親に阿《おもね》るような態度は一切見せなかった。

当時はまだ見合い結婚が幅を利かせていた最後の時代であった。一郎は人を見る目には自信をもっていたので、息子に是非美紫緒を「貰う」ように勧めた。それだけではない。父親は息子が奥手でこれまで恋愛経験もなく、女性の接し方もよく知らないことを承知しており、息子を尻に敷くような気の強い嫁では困ると思っていた。美紫緒は子どもの頃から群を抜いた秀才であったが、とても優しく控えめで謙虚で品もある。一郎が求めていた理想の嫁だったといっていい。

憲一は大学時代に恋愛経験はなく、会社に入社した後も女性と付き合ったことはなかった。当時、学歴、家柄、財産、職業等に恵まれていながら三十歳で未婚の男性の場合、一般に遅い結婚と認識されがちであった。親がお見合いでも設定しなければ、自分で結婚相手を見つけることはできなかったであろう。真面目過ぎて恋人一人掴まえきれない息子の嫁探しは、大いに親を悩ませていた。

美紫緒は憲一に対し真面目で大人しい男だという印象は受けたが、恋愛経験のない超奥手の童貞男であることまでは見抜けなかった。


新婚旅行のホテルは、当時のハワイでも指折りの高級ホテルであるモアナホテル（現モアナサーフライダーウェスティン・リゾート＆スパ）であった。これもハワイに詳しい一郎が決めたものであった。東にダイヤモンドヘッドが展望でき、南は海に面し、ホテルの庭から直接砂浜にでることができる。


二人の初夜がやってきた。

初夜の翌朝、熊本の母から美紫緒に電話があり、「昨夜はどうでしたか？」と尋ねた。熊本弁ではなく標準語で尋ねたのは、熊本弁でこの話を切りだすのは多少気が引けたからであった。母親が新婚旅行の初夜の翌朝に娘に電話して初夜の感想を聞くのは、常識に適っているとは言い難いであろう。しかし、母親には女の勘で口にこそ出さなかったが、多少の心配があったのである。彼女の勘は見事に当たった。

「それが何もなかったのよ」

美紫緒の声は何とも言えない沈んだ声であり、いつもの朗らかさがない。母親はびっくりして今度は熊本弁で事の詳細を質した。風呂に入った後、彼女が先にベッドに入った。新婚初夜用に買った新品の下着にネグリジェをつけていた。暫くして風呂上がりの憲一がやってきて、ソファーに座って暫くテレビを見ていたが、やがてベッドに入ってきた。美紫緒は黙って彼がコトを始めると思って待っていたが、彼は何も言わず横を向いて眠ったふりをしている。

美紫緒は自分から求めるような女ではない。少し背中に身体を寄せてみたが、彼は反応しない。自分からキスを求め、彼の唇を奪うのも、身体をゆすって、早くしてよと誘うのもはしたない。自分は起きているし、待っているとアピールするために咳をしてみたりするのに、彼は寝たふりを続けた。美紫緒はやがてこの人は何もしない積りだと理解した。

どうしてこんな詰まらない男との結婚を承諾したのだろう。落胆もあったが、怒りが込み上げてきた。

きっとこの男は童貞なのだろう。セックスの仕方が分らないのだろう。挑んで恥をかくのを恐れているのかも知れない。新婚旅行に来ておきながら、新婦に手を付けないとは失敬千万ではないか。何と情けない男か。

自分は処女であり色気のだし方も知らないし、男の誘い方も知らない。それとも私に女の魅力がないから手をだそうとしないのだろうか。美紫緒は悲しくなって涙がこぼれて仕方がなかった。

相手が颯であったらこんなことにはならなかった。彼は燃える目で自分を見つめ「理想の女性」とも「死ぬほど好きだ」とも言った。確かに学生の時、彼は自分の手も握らず、キスしようともしなかった。ラブホテルに入ろうとも、自分のアパートに連れて行こうともしなかった。まだ美紫緒の意志が明確に掴めていなかったからである。焦る必要はない。自分の真剣な気持ちを理解してもらうのが先だと考えていた。美紫緒は自分にとって理想の女性である。彼女の愛情がはっきりしてから愛し合えばいいと思っていたのである。

母親は美紫緒から昨夜の話をきいて、「やはり」という予感が当たったことに驚いた。ただ憲一が手を付けようとしないことに対して、具体的にどうすればいいのか適切なアドバイスを与えることはできないまま電話を終えた。

横にいた明寿は光沢が電話を切った後、ことの次第を聞いてすぐに電話をかけ直した。美紫緒がでると、憲一への怒りが収まらないままに言った。

「今お母さんから聞いたよ。気の弱い男だとは思っていたが、これ程まで非常識だとは思わなかった。荷物を片付けてすぐに熊本に帰ってきなさい。こんな男と人生を送ることはない」とすごい剣幕であった。

「すぐに別れた方がいい。美紫緒と結婚したい人はいくらでもいるから」と一気に喋って少し冷静になったらしく、続けて「新婚初夜に新妻を抱かないなどという話は聞いたことがない。彼は童貞でやり方が分らないのかもしれないけど、童貞でも挑むのが男というものだ。失敗を恐れて手も付けられないというのは、新妻に対して失敬千万だ。こんな詰まらない男と暮らしても幸せにはなれないから、すぐに飛行機の切符をとって帰ってきなさい」

日頃優しい父が、珍しく興奮して怒っている。

「お父さん、分ったわ。ちょっとお母さんに代わって」

美紫緒は興奮している父とは冷静に話せないし、初夜のことを父と話すのは恥ずかしい気がした。

母が電話口にでた。

「お父さんが怒るのもよく分かるわ。私自身、夜が明けたら一人で帰ろうと思っていたのよ。憲一さんは童貞だと思うけど、こういうことは男がリードするものだと思うので、私も処女だからどうすることもできなかったの。

それにたくさんの人に祝福されて結婚式も挙げたのだから、初夜に手を付けなかったから即離婚というのもどうかなとも思うの。だから、彼と話し合ってみるわ。彼が私に女として魅力がないとか色気がないとか、だから抱かなかったなどと言うのであれば、お父さんの言う通り荷物を纏めて今日中に飛行機に乗ります。その時は、あらためて何時に羽田に着くか知らせるから」

新婚初夜の失態の後、美紫緒は独りで朝食を済ませた後、憲一が起きてくると、少し話があると言った。彼女は帰国する積りでいたので、肚が据わっていた。

「初夜だったのに、私に手を付けなかったのはなぜですか？　あなたは眠った振りをしていたけど、私は何度か自分は起きていると知らせるために咳をしてみたり、背中に身体をぶつけたりしたけど、あなたは無言のまま眠った振りをしていた。腹は立つしあなたと結婚したのは間違っていたと反省もした。私は処女だし男の人の誘い方も知らないから、このままあなたがこちらに向いてくれるのを待っていても時間の無駄だと思い、夜が明けて朝食を済ませたら、荷物を纏めて一人で帰国する決心をしました。私に女としての魅力がないのだったら、最初から結婚したいなど言って欲しくなかったわ。

今朝、熊本の母から電話があって、母にはありのままを話したわよ。代わってでた父はすごい剣幕で怒って『すぐに熊本に帰ってきなさい』と言われたわ。別に父が言ったから、それに従うというのではないのよ。私自身、初夜に手を付けない人と一緒に暮らすことはできないと判断したので、今から帰らせて貰います。あなたにも体調の不良等の理由があったのかもしれないけれど、黙って帰るのは失礼だと思うので、弁解すべきことがあったら、一応聞いてあげるわ」

美紫緒は言うべきことは言っておこうと思っていたが、喋りはじめると自分でもびっくりするくらい、次々にイキのいい言葉が出てきた。喋りながら、怒りが込み上げてくる。

憲一は帰国されたら大変だと驚愕し「自分は童貞なので、どうしていいか分からなかっただけで、魅力がないとは思っていない」と力なく言った。もちろん「愛している」とは言わなかった。見合い結婚で愛がすぐ育つことはない。実態がないのに「愛している」などの言葉は白々しくて言えるものではない。「すぐに日本に帰るのだけは止めてくれ」と哀願し、泣きながら「帰らないでくれ」と言った。

この時の彼の焦った心細そうな表情は、彼女への愛や執心が生み出したものではなく、親戚、会社関係者等から一晩で妻に逃げられた男というスティグマを貼られるのを恐れた顔であった。この人は結婚を一体どのように考えていたのだろう。しかし、今さらそれを聞いても始まらないと思って敢えてこの点の質問はしなかった。いずれにせよ、憲一の焦った顔には、結婚とは何かを深く考えたことのない底の浅さしか窺えなかった。美紫緒は可愛そうになって、その日に帰国するのは止めたが、この男は精神的に結婚する資格はないと思わざるを得なかった。

いま颯はどうしているのだろうか。結婚前の唯一の恋愛であり、恋人だった颯とのデートの思い出が美紫緒の頭を駆け巡った。自分は間違っていた。その結果、新婚初夜にキスもできない男を選んでしまった。まさに《後悔先に立たず》であり、夜中に涙がこぼれるのをどうすることもできなかった。

美紫緒は電話で颯に初夜の話をしたが、「あの時、同情心など起こさずにきっぱり熊本に帰っていたら、新しい人生が開けたかも知れなかったわね」と言った。

「そうだね。あなたから連絡があれば僕はあなたのところに飛んで行ったよ」

美紫緒は続けて述べた。「その夜、憲一は失敗を繰り返したが、何とかセックスはできたけれど、私の方は何の喜びもなく、実に詰まらない結婚をしたと悔やんだわ。憲一と十八年暮らしてきたけれど、正直なところ、これまでこの人を愛していると感じたことは一度もないし、愛していると言ったこともない」


ホテルニューオオタニ大阪で二十一年ぶりの再会を果たした後、二人は「新しい恋」に日々心躍らせていた。もっとも、当時携帯電話はなく、意思疎通は電話を使うか手紙を出すかしかなかった。ファックスはかなり普及していたが、当時一般家庭用のものは熱転写で文字がロール紙に記録されて出てくるため、時間が経つと自然に文字が消えてしまう上、電話の近くに居た者が先に内容を読むことができるので「文書の秘密」が保障されない難点があった。特に既婚者間のファックスの場合、配偶者に先に読まれるリスクが伴う。

一九九五年にマイクロソフト社が「ウィンドウズ95」を発売した。これは素人にとっては画期的な製品であった。パソコン内の文書ソフトで文章を書くことができ、電子メールでの意思疎通が可能となった。「ウィンドウズ」の普及と同時にワープロ専用機は不要となり、程なく市場から消えてしまった。

このように大きな技術変革の時代であったが、美紫緒と颯の意思疎通も当初は郵便ポストに手紙を投函する従来のやり方で行なわれた。美紫緒は大学の研究室宛に手紙を出し、颯は宝塚の自宅宛に出した。

美紫緒は「ウィンドウズ95」が登場したことで、電子メールでやり取りができると密かに喜んでいた。しかし、中山家では美紫緒が携帯電話やパソコンを買うと、夫は二人で使うのは当然という顔で彼女のものを利用した。そのため美紫緒は自由にメールを書いたり、電話したりすることが大きく制約された。

美紫緒と颯の二人は五月の再会の後、青春時代に勝るとも劣らない恋慕の情が滾々と湧き立つ中で生活するようになった。美紫緒は躍動する恋心を抱きながら自分の結婚生活を振り返ると、これまでの夫婦生活がいかに偽善的であったかに嫌でも気付かないではいられなかった。

颯が自分への愛を生き生きと語り、現下の研究課題に懸命に取り組む姿が爽やかに感じられた。彼女は颯が自分への熱い思いを抱き続けながら、充実した年月を過ごしてきたのに対し、自分はこの間何をしてきたのかと考えると憂鬱になった。そのことを手紙で伝えると、彼はすぐに電話をかけてきて、励ましてくれた。

「自分が今日まで頑張ってこられたのは、新宿で別れた後もずっと心の中心に美紫緒が生きていたからだ。美紫緒への愛が途絶えたことはない。いつか再会できる日がくると思って生きてきた。あなたが存在していることが僕の希望の糧であり励みだった。あなたには人を朗らかにする天分が具わっている。自分では気づいていないかも知らないが、あなたには人の美質を見つける能力があるのだよ。だから人はあなたと接すると気分がよくなる。善意と愛の芳香が自然にあなたの言葉や態度から発散されるのだと思う。

僕はあなたのことを想うだけで楽しい気分になる。愛情が続いたのはそのことが大きい。美紫緒は光だといってもいい。会ってその光を浴びたいといつも思ってきた。だから、落ち込んだりせず明るく振る舞っていなければいけない」

美紫緒は颯の温かく優しい励ましの言葉が嬉しかった。

彼女は思う。子どもが幼児の間は、息子に夢中でそれだけが生き甲斐だった。もっとも憲一は子どもも好きではなく、子どもの相手もほとんどしなかった。美紫緒は子どもの日々の成長する姿そのものを見ているだけで喜びを感じた。二人の間には子どもが赤ん坊の頃から、感じ方や可愛がり方に隔たりがあった。

子どもが小学校にいくようになると、美紫緒に一つの悩みが生まれた。近所では、子どもを私立中学に入れるために塾に通わせる母親がたくさんいた。しかし、美紫緒は小学生の低学年から塾通いで勉強漬けにすることが果たして子どもにとって良い事なのかどうか、判断がつきかねた。夫に何度も相談したが、彼はただ黙っているだけで、一言のアドバイスもくれない。夫には精神の核となる思想や信念がなく、そのため妻の悩みが理解できず、彼女が悩んでいる問題に寄り添って一緒に考えることができないのである。

「あの頃美高さんが登場してくれていれば、どんなに心強かったかと思うわ」

彼女からこの言葉を何回も聞かされた。結局彼女は塾に行かせる決断をし、修一は難なく灘中に合格した。

最初に美紫緒に電話したとき、「来年四月から修一は高校生になるの」といった。颯は高校受験と言わなかったので、中高一貫の私立だと思い、「灘中なのでしょう」と応じた。

「そうなの」と美紫緒。

美紫緒の頭の良さはよく知っているので、美紫緒の子どもならば名門灘中以外にないと思ったのである。颯が「どこの私立？」などと間の抜けた質問をせず、当然のように灘中と言ったので彼女は満足した。

別の時に、美紫緒は義母が「美紫緒さんが熱心だったからなんて言うのよ」と不満げに言ったことがある。美紫緒は相当悩んで夫に何回も相談したのに、黙して返答せず何一つ協力する姿勢も見せなかった。そういうことをそっちのけにして、褒め言葉の積りで「美紫緒さんが熱心だったから」と言って貰っても、彼女にしてみれば、何も理解していないと大いに不満が募るのである。

彼女の平凡な日常は、必ずしも平穏ではなかった。三人家族の関係の芯には緊張が存在したからである。

憲一が息子に対して関心が薄いことも、彼女には理解できなかった。子どもが生まれた時も、特に大喜びすることはなかったし、可愛い盛りにも一緒に遊ぶのが楽しいという風もなかった。成長してからも、息子が将来何になりたいのか、何になってもらいたいのか等に全く関心を示さなかった。高校生になって大学受験が近づいても、学部の選択等についてアドバイスどころか息子に話しかけることも、修一の成績を気にすることもなかった。

人はそれぞれ別個の人格であるから、意見に相違があるのは当然であるが、これでは意見に相違があるのかさえ分からない。一人息子の成績や将来についてくらい夫婦間に共通の関心があってもいい筈だと彼女は思ったが、夫は息子の将来に積極的に関わる姿勢は皆無であった。このことは夫婦間に共通の関心の地盤がないことを意味する。彼女にしてみれば、修一の中学受験の折にも経験したことであったが、夫への信頼は決定的に損なわれ、家庭生活は干乾びたものになって行かざるを得ない。

それどころか、憲一は妻が一生懸命息子の世話を焼くことが気に入らないという態度を示すことがあった。このことにつき美紫緒から「どう思う？」と問われて颯は「僕には全く理解できない」と応える外なかった。そういう感情は颯には皆無だったからである。

修一にとっては、学校で過ごす時間の方が家で過ごす時間より圧倒的に濃密で精神を刺激するものだった。母親の細やかな愛情には安らぎを覚えたが、父親は息子にとってもよく理解できない存在だった。愛情も感じないし、知的刺激を受けることもなかった。父親の自分への無関心な態度は、父を気にせずにやり過ごすことができた半面、修一に消極的な圧力として作用した結果、修一はできる限り接触を避ける行動をとった。

「私は息子のことが最大の関心事なので、勉強のことも、異性についてもどんなタイプの女性が好きなのか知りたいと思って、先日お母さんみたいな人がいいのでしょう？

と訊ねてみたのよ。そしたら怪訝な顔をするのよ。ちょっとがっかりしたけど」

「幼い時なら、お母さんみたいな人がいいと言うだろうけど、高校生になって、お母さんみたいな人が理想だと言う男の子はむしろ問題だよ。母親への愛情と好きな女のタイプとはまったくレベルの違う問題だからね」

「そうなのかな。言われてみれば確かにその通りだわね」

「思春期の子どもの心裡を隅から隅まで理解しようとしない方がいいと思うよ。この時期は子どもから大人に成長する過程でいろいろな可能性が芽吹くときだから、暖かく見守る気持ちをもっていれば十分だよ。何もかも知ろうとすると、かえってあらぬ刺激を与えて反発を招きかねない」

美紫緒は「そうね」と賛意を示した。

夫は朝八時過ぎには家を出て、午後九時過ぎに帰宅する。そのため夕食は修一と二人ですることになるが、息子とはテレビを見ながらいろいろ話をするけれど、夫と三人でテレビを見ながら話すことはなく、修一が父親と話をする機会はほとんどない。美紫緒は自分の夫への不満を息子に漏らさないように注意していた。彼女は「これでいいのかな」と思っているが、夫は何度か「思ったことを言葉にして人と話すのは好きでない」と言った。基本的に他人に対して関心を示さず、家の中で笑顔を見せることもほとんどない。気の利いたことを言おうなど考えたこともない。憲一にとっては、何よりも黙っている方が楽なのである。夫が真面目に勤務していることは確かであるが、具体的にどういう仕事をしていて、どんな課題に取り組んでおり、何を生き甲斐として仕事に励んでいるのか、彼女には全く分からない。お見合いの時点で気になっていたことが、結婚後十八年たっても何一つ氷解せずむしろ疑問は拡大しているのが実態であった。結局この人はこういう人なのだと受け止める外なかった。

修一が高校三年の秋、十月から三カ月近く気胸に罹患し、京都大学医学部病院に入院した。これまでの成績を維持していれば、京都大学医学部はパスすると担任教師に言われていたが、受験前の大事な時期の入院は母親にとっては辛く苦しいことだった。

夫婦で初めて入院した息子の見舞いに行くことになったが、憲一は京大病院に着いたのに、駐車料が高いといっては三十分近く安い料金の駐車場を探し続けた。彼女としては、一刻も早く息子の顔が見たい。受験前の息子の気持ちを考えると、居ても立ってもいられない心境に押し潰されそうになっている時に、駐車料金の多寡が最重要課題のように安い料金の駐車場を探そうとする神経は、まったく信じ難い行動であった。何と情けないことかと呆れ果て、この人とは一緒にやっていけないと感じざるを得なかった。

「最近改めて気付いたのだけど、あなたと電話で話すようになってから、私は夫に少し優しくなった気がする。それまでは何事にも鈍感すぎる夫に時々爆発していたのだけれど、それが無くなったのよ」

「彼の方はあなたの変化について何か言わないの?」

「何も言わないわ。鈍い人だからね。ところで、修一が大学生になったら、是非あなたに会ってもらいたいと思っているの。あなたと話せば、いろいろ刺激を受けると思うわ。私自身、あなたから頂いた丸山眞男の『現代政治の思想と行動』、イェーリング『権利のための闘争』や吉本隆明の本なども大変勉強になったわ。是非修一にもいろいろなことを教えて欲しいの。父親には何も期待できないからね」

少し後のことになるが、京大に入学して京都でマンションを借りて独り暮らしを始めた後、颯は京都で修一と会うことになった。会う前に彼女は「とにかく不細工だから、がっかりしないでね」と再三強調した。しかし、いざ会ってみると背も高く、顔もきりっとしてとてもハンサムな青年だった。美紫緒は散々悪いイメージを植え付けた上で会わせた訳である。散々悪い顔のイメージを植え付けて、会った時にハンサムではないかとより強く印象付けたかったのであろう。母親の深謀遠慮の意図はすぐに分かった。美紫緒に似てどこにも秀才を嵩《かさ》にかかるような姿勢は微塵もない。純粋で優しい眼をした青年であり、美紫緒に一目惚れしたときのように、颯は一目でこの青年に魅了されてしまった。美紫緒の気持ちを想うと、颯は彼を深く理解し何とか役に立ちたいと思った。

近所の長谷部さんの奥さんから、テニスクラブに入りませんかと誘われた。ご主人は家庭裁判所の判事、奥さんは専業主婦であるが、日頃からこの奥さんとは気が合い仲良くしていた。テニスクラブは芦屋にあるが、当時入会金一人百万円で安くは無かった。

美紫緒は、それまでテニスをしたことはなかったが、たまに身体を動かすのも悪くないと思い夫婦で入会した。そこに集まる裕福な人たちとの交流が彼女の生活の中で一定の役割を占めるようになった。参加している人には、有名な会社の社長夫妻もいれば、夫が大学教授という夫婦もいたが、全体的に見て経済的に上流階層の集まりであった。

このテニスクラブは、学生時代からテニスをしていた人が中心というのではない。結婚後に誘われて参加した人が圧倒的に多く、有閑有産階級の社交の場として機能していた。美紫緒自身、テニスについてはズブの素人に過ぎなかったが、時間をかけて練習し試合を繰り返しているうちにだんだん上手になった。

仲間内でしばしば持ち回りのホームパーティーが行われた。ホームパーティーでの交流は、颯の日常生活と較べると別世界の観があり、珍妙に感じられた。ホームパーティーは仲間を自宅に招いて気の利いた料理やお酒を振る舞って談笑するものであるが、一定数の人が余裕をもって動き回れる部屋の広さと食事や酒を準備する財力がなければならない。食器類など気の利いたものを見つけるとパーティー用に十組単位で購入したりするという。

この種のホームパーティーが関西の上流階級に特有のものなのか、それとも東京の上流階級もほぼ同様なのか、颯には分からなかった。大学の同僚教授、友人にも田園調布等の高級住宅地に住んでいる人がいるが、同類の話は聞いたことがない。

結婚前の若い男女が集うテニスサークルの場合であれば、多くは異性を探すことが主目的である。場所も自宅ではなく適当な店を借りて行われるし、目的も単純明瞭である。しかし、配偶者や子どもがいて社会的地位もあり、世代の幅にも相違がある大人のパーティーとなると、男女の交流は結婚前の男女のパーティーの場合とは趣が異なる。特に参加者の根底にある社会規範ないし道徳規範は決定的に異なる。

テニスクラブ内のグループの大半が既婚の男女であるが、夫婦で入会したとしても、夫婦相伴ってテニスコートに来ることは稀であり、プレイも夫婦だけでする訳ではない。テニスも他のスポーツと同様、上手な人とプレイしなければ腕は上がらない。だから一般的に上級者に人気が集まる。もっとも、この種のテニスクラブでは、上手になることが目的ではないので、異性に魅力を感じれば、シングルス、ダブルスを問わず下手な人を相手にプレイすることが多い。

スポーツの場合、運動神経の良し悪しはすぐに分かるし、男女でプレイすれば、人柄や性格が自ずと現れる。特に試合に勝つことではなく、楽しく過ごすことを主たる目的とする場合、魅力的な異性とのプレイは微妙な興奮を呼び起こし、異性の笑顔や言葉がテニスそのもの以上の喜びを相手にもたらす。

実際このテニスクラブでも、これまで不倫関係に嵌まり何組か駆け落ちしたケースもあった。AさんとBさんは怪しいとか、住居の方向も違うのに最近はいつも一緒の車でくるとか、Cさんは下手なDさんとプレイしたがるとか、大小さまざまな噂が飛び交っていた。

大人の男女の場合、根っこには異性への性的関心があるし、異性との交流は気分が高まるだけでなく、微妙な会話から性的刺激を受けることもある。

既婚者間でのパーティーは、親睦の趣旨を超えて魅力ある異性と接触する機会でもある。パーティーでは会話が中心になるので、テニス競技の際に感じることのない知性や教養等が自ずと顕れる。もっとも、パーティーでの言動・振る舞いであれ、テニスコートのプレイであれ、女性の心理の微妙な変化や関心のあり方に無頓着な男もいるが、具眼の士は各人の過去の恋愛や夫婦関係、現在の彼女の心裡状態までかなりの程度見通すことができる。

ところで、遊び人と具眼の士とは別の概念である。遊び人の場合、元々女性の知性や教養などに関心がなく、遊び相手あるいは性的観点からしか女性を理解しない。これに対して、具眼の士には本質を見抜く眼力があり、幅広い視点から観察する能力がある。そのためには書物や議論によって鍛えられた知性と豊かな思考力や判断力が不可欠である。

テニスクラブ会員の中には性的関心を充足させるために、敢えて話題を男女間の恋愛経験や性の感触を探る会話や行為に誘い込む男がいる。つい一月前のことだが、ポルシェに乗っている自称画家が、中山家のパーティーにやってきて、辺りの隙を見て右手で美紫緒の左の胸をむんずと掴んだ。彼女はびっくりして鋭い目つきで睨みつけた。ただ自宅のホームパーティーで声を上げて抗議するのは憚られたので、ことさら大騒ぎにせず追及もしなかった。

「まったく失礼だわ。何の積りなのかしら」と美紫緒はこの時のことを思い出して、怒った表情をみせた。

この行動に解説の必要はないであろう。彼女の形のよい胸の脹らみに思わず手が出たということかも知れない。ただその瞬間、夫が見ていないこと、他のメンバーも他のことに注意を向けていて、その男の行動を見ていないという冷静な状況判断のもとに行為に及んでいる。つまり、「思わず手が出た」のではなく、かねて機会を狙っていて実行に移したと見るべきであろう。

こうした事態を引き起こした究極の責任は、美紫緒の夫にある。他の男性が妻に性的興味があることに気付かないのは、夫のその種の神経が鈍麻しているからである。夫が見ていない隙を狙って、大胆にも妻の胸を鷲掴みにする行動にでるのは、夫が端から舐められているからである。この画家は美しい美紫緒に対して、複数の男性が密かな野心をもっていることを察知していた。その上、夫がこのことに全く気付いていないだけでなく、警戒心すらもっていないことまで見抜いていた。

夫は善意の人ではあるが、男女間の感情の交流に鈍感で、会話に積極的に加わらず、当たり障りのない話にも黙している場合が多い。この画家はこれらの状況を掌握した上で、素早く行動に出たのであった。仮に夫に男としての威厳が備わっていて、周りから尊敬を集めている人物であったならば、あるいはまた妻が夫に惚れていることが傍目にも明瞭に分かる場合であれば、いかに緩いパーティーといえども、こんな破廉恥な行為に及ぶことはない。この画家には彼女の反応をみようという意図があり、彼女の反応次第では、あと一押しすればモノにできるという楽観的見通しのもとに勝負にでたのである。

美紫緒は上品な美しさのうえにいつも笑顔を絶やさず、頭の回転も速い。他人への気配りも先天的に身についている。テニスコートでも、ダブルスやシングルスの相手を申し込む男性はあとを絶たない。彼女が颯と再会した折「週末にテニスをすることが多い」と語ったのは、テニスそのものの面白さよりも、熟年男性たちが陰に陽に彼女に関心を寄せていて、テニスコートにいけばいい気分になれるからであった。彼女が夫を愛していないことは遊び人の男たちにはとっくに見抜かれており、それも彼女を誘いやすくしている要因の一つになっていた。

育ちのいい彼女はテニス相手の申込には笑顔で承知してきたが、それ以上の二人だけのお茶や食事の誘い等に応じたことはない。

美紫緒は恋愛経験がほとんどなく、男の心裡などよく分からないまま結婚して専業主婦になった。男性がテニスの相手を申し込んでくる場合、「自分に好意」をもっていることは感じるが、それを超えて自分を「狙っている」とまで考えたことはない。

美紫緒の夫は、真面目なお坊ちゃん育ちで恋愛経験は皆無だった。学生時代から恋愛経験の豊富な遊び人の友人もいなかったので、男女の出会いの場であった合同ハイキングや合同コンパに参加したことがなく、生真面目な学生生活を送った。お見合いで妻を得た所以である。就職後他人の奥さんに関心をもったこともなく、結婚後も人妻と浮気したいと思ったこともなかった。だから他の男性も自分と同じだと思っていた。

他方、夫が学者肌のタイプだったかというと、そうではない。学生時代から自分の専門外の歴史、文学、社会科学等について興味も読書の習慣もなく、幅広い知的関心はなかった。若い時代に恋愛もせず、書物を通して思想、哲学、文学、社会科学等の古典的作品から影響を受けたこともなかった。当時の大きな枠組みであった東西冷戦がもたらす様々な矛盾やそのことが日本の政治や社会に与える不合理な制度等に疑問をもつこともなかった。

頭の柔らかい青年時代に、書物を通して人間理解を深め、あるいは現実が生み出す社会的矛盾に関心を持つのでなければ、知性は磨かれない。優れた青年は書物から生き方を学び、社会の現実がもたらす問題を自分の問題として捉え直して、呻吟したり精神的格闘を経験したりするものである。夫は青年時代に知性を磨く機会を逃したまま社会にでて、真面目に働く型に嵌《はま》った会社人間だった。

夫に規格外の男性の持つ魅力が無かったことは言うまでもない。つまり、色気も知性も教養もなく、ましてや猛々しい男性的気質もない。テニスコートのご婦人方から「いい人」と思われていたが、「魅力的」と認識されることはなかった。女性にモテたことも、騒がれたこともないまま中年になり、テニスコートでただテニスに興じる珍しい人だったのである。

夫は美紫緒の知性や美貌についても深く理解していなかった。そのため妻にテニスの相手を申し込む男性が何人いようと、相手の男性と快活に哄笑し合っていようと、夫はそのことに何の問題も嫉妬も感じない。妻を信頼しているからではなく、もともと相手の男の「本性」を見抜く能力がないからである。

例えば日航のパイロットをしている四十代半ば過ぎの男は、テニスが上手く女性の扱いにも長けていて、ご婦人たちの人気もあった。その男が夫のいない昼間に自宅に電話をかけてきて「今○○ホテルにいるけど、食事でもして話がしたいので会いに来てくれないか」と誘ってきた。単なる食事の誘いではなく、シティーホテルに部屋をとったと告げた時点で彼の意図は明確であった。

美紫緒は怒って「何を言っているの」と云って電話をガチャンと切ったが、この男は彼女も自分に気があり、お互い大人なのだから面倒な手続を踏まずにいきなりホテルに誘う方が早いし、必ず誘いに応じると考えていたのである。テニスクラブの男性仲間の間で若い時から多数のスチュワーデスを「ものにした」ことを自慢にしていた男であるから、彼なりに女を見る目には自信をもっていた。しかし、電話による安易な誘い方で美紫緒が唯々諾々とホテルにやってくると考えたこと自体、この男の目が節穴であることを物語っている。

いつも笑顔を絶やさず他人に親切な彼女の態度が誤解を与えた一因だったとはいえ、彼女も俗物根性丸出しの男の本性を見抜く能力がなく、舐められていたことになる。

しかし、真に非難されるべきは夫である。同じテニス仲間の妻を何の躊躇いもなく平気でホテルに呼び出すことを許しているのは、中山夫妻が倦怠期（実は結婚当初の熱愛期もなかった）にあって妻が夫に愛情がないことを見抜かれ、仮に妻が浮気しても夫は何も気付かない無神経の持ち主だと舐められていたからである。

颯はテニスクラブの話を聞きながら、彼女の属するテニスクラブの男性の低俗さに辟易しつつも、美紫緒ほどの女性が一体夫の何に惹かれて結婚したのか不思議でならなかった。

「ご主人とは見合い結婚だったよね。お見合いから結婚までの期間はどのくらいだったの？」

「五カ月ちょっとだったかな」

「僕はお見合いをした経験がないので、教えて欲しいのだけど、結婚の決心をした時の決め手は何だったの。あなたの話を聞く限り、ご主人はテニス仲間の男たちから徹底的に舐められている。自分の家で同じ空間に夫がいるにもかかわらず、夫の隙を狙って妻の胸を鷲掴みにしたり、夫の留守中に電話を入れてホテルに誘ったりすること自体、常識のある人間のすることではない。妻も夫も自由な恋愛が許されることは僕にも異論がないが、この連中は恋愛によって愛を育む手続も欠いている。単に遊びの対象としてしか見ていない。

もっと重要なのは、こうした行為があなたに対する侮辱であることはもちろんだけど、ご主人の方は侮辱を超えてバカ扱いにされているに等しい。一体ご主人はどう思っているの？」

「主人には話してないのよ。夫に話しても、彼は適切な措置をとれない人なのよ」

「あなたらしい賢明な対処なのかもしれないけれど、夫もあなたも侮辱されたことは事実だし、舐められた事実は残る。ことの本質はご主人に威厳がなく尊敬もされず、バカ扱いされていることに尽きるけれど、妻の胸をいきなり鷲掴みするのは明白な犯罪だよ。これに対してご主人が何の反応も示さないとなると、相手はますますつけあがり、また同じことをしないとも限らない」

「彼ら二人の行為は絶交に値するわよね。私はどうすればよかったのかしら」

「あなたも舐められているけど、本質的にはご主人が徹底的にバカにされていることが根本的な原因だと思う。だからあなたは、事実を正直にご主人に話して、夫としてとるべき措置を示唆しておくことだね。まずご主人が彼らに個別に会って筋を通して謝罪させ、今後はそういうことはしないと誓約書を書かせるべきだ。特に胸を鷲掴みにした男に対しては、謝罪と誓約書を書かない場合には警察に告訴すると言っておく必要がある。告訴というのは、捜査機関に犯罪事実を申告して処罰を求める意思表示のことをいう。そこまでしておけば、もう二度と同じことはしないだろう。

　ホテルに呼び出しの電話をしたパイロットに対しても、基本的には同じ対応で臨むべきだね。ただ、彼の行為は犯罪にはならないので告訴はできないが、あなた自身あるいは夫の立場から民事訴訟は打てるので損害賠償はとれる可能性がある。だから法的措置も辞さないと伝えておくべきだと思う」

「美高さんであれば、理路整然と話をすることができるでしょうけれど、主人はそのような論理的にきちん話ができる人ではないのよ」

「裁判というと、素人は尻込みしがちだけど、裁判所は個人の人権を護る最後の砦だから、裁判所に救済を求めるのはもっと気軽に考えるべきだと思うよ。テニスクラブの管理者に話をして自主的に退会を促すという手もある」

「夫は二人に対してクラブを退会しろと言う勇気はないわよ。それに彼が言っても、相手は退会しないでしょう。我々がクラブをやめる以外に絶交は実現しないわ。ただ、彼ら以外の女性の方とは気の合う友人が何人もいるし、こんなことで彼女らとも縁を切りたくないわ。テニスを続ける以上、私がしっかりした態度で臨むしかないわね」

「ホテルに誘ったパイロットの方だけれど、御主人も妻が『恋の対象』ではなく『遊びの対象として口説かれて』いるのに、知らぬ存ぜぬという訳にはいかないだろう。舐められたくないのであれば、筋を通してきちんと言うべきことは言わないといけない。これはお人好しで済まされる問題ではないよ。人間の尊厳と誇りの問題を放置しておくのは、自分も彼らと同じレベルの人間だと認めたに等しいからね」

「あなたの言う通りだと思うわ。ただ念のために付け加えておくけれど、私の方は彼らの行為をヘラヘラ見過ごした訳ではないわよ。いきなり胸を掴んだ画家に対して、声を荒立て大騒ぎにはしなかったけれど、ありったけの怒りを込めて睨みつけ、その後は思い切り見下した態度で冷たくあしらい、口を利かれても返事もしていないわ。きっと彼は恥ずかしいことをしたと思っていると思う。パイロットに対しても基本的には同じ態度で臨んでいる。親しい態度を見せると誤解されかねないからね。冷たい態度をとっているので、以前のようにテニスの相手に誘うこともなくなっているの。あなたの言うように私にも隙があったということだと思って反省している」

「ご主人がきちんとした態度を取れないのであれば致し方ないね。僕だったらこういう連中は絶対に許さないよ。言葉でも言い刑事で告訴するだけでなく民事訴訟でも訴える。それにしてもテニスクラブの男のレベルが低すぎるよ。連中は美紫緒の聡明さや高貴な精神にも気づかずに、日頃のあなたたち夫婦の様子から、夫婦間にもはや愛情はなく口説けばすぐ落ちると考えたに違いない。そうでなければ、いきなりホテルに来てくれとは言えない」彼女は暗い表情をして聞いていた。

「聞いている限りご主人は実に情けない男だね。僕はとても残念で悔しい。あなたほどの女性がどうしてこんな平凡で鈍感な男と結婚したのか不思議でしょうがない。二十歳の時、僕はあなたに死ぬほど惚れていたのに《身を引く》決心をした。美紫緒ほど条件の揃った女性はいないので、どんなに素敵な男性とでも結婚できるし、あなたが幸福になるのを邪魔してはいけないと考えたからだよ。あなたには悪いけど、こんな凡夫に嫁ぐのが分っていれば、決して身を引いたりしなかった」

「正直にいうと、周りの友達は次々に結婚していくし、あなたには振られるし焦っていたのよ」

「僕があなたを振ったなんて言わないでよ。理想の女性を袖にするなどあり得ないからね。僕は今でも美紫緒がこの世で最高の女性だと思っている」

「でも私の方はあなたと結婚したいと思っていたのだから、振られたのも同然よ。私があなたの《身を引く》という決心を受け入れたのは、あなたが苦しみ抜いた後に《これから学問をする》という爽やかな気持ちが目に表れていたからなの。あなたの決心を尊重してあげないといけないと思ったの。愛していればこそあなたの決心を尊重しなければと思ったのよ。

　夫に魅力があったから結婚した訳ではないの。真面目で浮気などしないような人だとは思ったけど、そろそろ決めないと婚期を逃してしまうと思ったの。それが結婚の決め手として一番大きい理由だったわね」

第六章
大人の恋

宝塚と東京と距離が離れていたために、美紫緒と颯は頻繁に会うことができなかった。加えて颯は働き盛りの時期でもあり、仕事も年々忙しくなった。それでも月に一度は会おうと二人で決めていた。

デートで最初に訪れたのは南禅寺であった。南禅寺は京都五山よりも格式の高い寺とされているが、実に堂々たる寺である。美紫緒は寺そのものよりもむしろ琵琶湖から引いた疎水の流れる水路閣を見せ、京都の近代化について理解してもらいたいと思っていたようである。明治維新後、天皇が東京に移り京都の人々は落胆し活力を失っていたが、この疎水事業が京都再生の契機となった。

人気のない場所にくると、美紫緒は「弁当を作ってきたから食べましょう」といって弁当を開いた。二人ともなぜか少年少女の思春期の恋のような恥ずかしさに覆われた。歳だけは大人になっていたが、気持ちは少年少女のままであり、二人の頬は赤く染まっていた。男は女を「死ぬほど好きだ」と言っているし、女も男に若やいだ愛を感じていた。相互にドキドキしなければならない理由はなかったが、恋心は年齢と関係ない。十八歳の二人が果たせなかった恋の情熱が、この時どこからか噴き出してきたのである。

再会から四日後の五月十七日（火曜）は蓉子が朝から出かけていたので、颯は午前十一時に美紫緒に電話をかけた。その時、美紫緒は唐突に言った。

「美高さんが私を忘れられるのなら、一度寝てもいいわよ」

颯は吃驚した。「寝てもいい」は思い切った言葉である。彼女がどういう積もりで言ったのか訝ったが、いくつか想像することはできた。一つは、「美高さんの目的は何？」の問いに繋がるもので、彼女は最初から颯の本音は自分を抱きたいのではないかと考え、直截に真意を直撃した可能性である。しかし、颯は「抱く」目的のために、二十一年ぶりに長い愛の手紙を書いたのではない。彼女としては、学生時代からなかなか手を出そうとしない颯の慎重さを慮《おもんぱか》って、率直に「寝てもいい」の言葉をぶつけてみたのかもしれない。

二つめは、「私を忘れられるのなら」という条件である。一体一度抱くだけで愛する女を忘れることができるものだろうか。愛していれば一度抱けば二度抱きたくなり、一度許したら二度許すのが常識であろう。いずれにせよ、この条件は深く吟味されたものではなく、むしろ一回だけという条件を付けることで、彼女自身の「抱かれたい」という気持ちを糊塗する方便に過ぎないのではないか。

三つめは、「寝てもいい」の前提には「あなたが望めば」という言葉が省略されていることである。よりストレートに翻案すれば、「あなたが望めば私は寝てもいいのよ」ということであり、私はあなたの愛を受け入れると言っているに等しい。

四月に二十一年ぶりに情熱溢れる手紙が届き、一月後《ひとつき》の五月九日の学会の際、大阪で「是非会いたい」との電話があり、十三日に再会を果たした。生身の初恋の男と会うと、頭の中で想像していたのと違って、彼は若い頃以上に魅力的な男になっていた。姿形もさることながら、相変わらずの頭の切れ味で、どんどん引き込まれていく。彼女の周りにこれ程ものがよく見え、鋭い言葉で本質を衝ける男はいない。同時に「未完」に終わった彼女の恋、長い間眠っていた恋の情熱が再燃し輝きだしたことを自覚せざるを得なかった。

重要なことは、美紫緒の夫に対する認識である。この認識が美紫緒の「寝てもいい」発言の前提になっているからである。すなわち、新婚初夜に新妻に手を付けなかった男、テニスクラブの色欲にしか興味のない俗物たちの妻への非常識なアプローチに気付かない無神経さ、物事の本質を見抜く能力のなさ、知性や判断力が欠如しているためテニスクラブの仲間たちから徹底的に舐められていること。これらのことは彼女も全く知らなかったのではない。しかし、颯が一つ一つの事件の煙幕を論理で吹き飛ばし、俗物たちの真意を鮮明に描いてくれたお陰で、美紫緒は夫の愚鈍さを改めて明確に認識するに至った。

美紫緒は颯に《新しい恋のときめき》をはっきりと感じていたが、同時にお見合い以来、自分は憲一に恋したことがなかったことを再確認することになった。

颯と再会してまだ一週間もたっていないのに美紫緒が「寝てもいい」と言うのは、彼女の愛が既に沸点にあることを告白したに等しい。さすがの颯も、この時は気の利いた応答をすることができなかった。

「僕はあなたを欲しているのであって、あなたの肉体が欲しい訳ではない。肉体が目的だと思われるのは心外である。何よりも一度抱けば忘れると約束することはできない。僕は永遠にあなたの心を自分のものにしたいと思っているからだ。二十一年間、あなたを一度抱けば忘れられると考えたことは全くない。ずっとあなたの全てを愛してきたからね」

颯は野暮な言葉で応じたことを、恥ずかしく思った。颯が上記した第三の意味をしっかり把握していたならば、答え方は違って然るべきであった。彼女の真意を素直に受け入れて、大人の対処をするべきであった。

もっとも、美紫緒の受け止め方は違っていた。彼女は文字通り「一度抱けば美紫緒を忘れると約束することはできない」の言葉に感激したのである。「さすがに美高さんは、テニスクラブに集う有象無象とは違うわ。本当に愛していれば、一回寝れば忘れると約束できる訳がない、本当に愛していれば当然のことだわ」と思い、「私は何と馬鹿な提案をしたのだろう」と反省した。私を愛しているからこそ、「寝てもいいという私の提案に乗らなかった」彼の態度を心から嬉しく思ったのである。結果として、美紫緒の提案は二人の心を固く結びつけることになった。

丸山公園にロココ様式の長楽館がある。八坂神社を出て丸山公園を歩きながら、美紫緒は「長楽館は明治時代に内外の賓客をもてなす迎賓館として建てられた由緒ある所だそうよ。あなたと一緒にきたいと思っていたの」といった。二人はデザートカフェに入った。

颯は四月の手紙で「精神的に疲弊していたため、美紫緒の声を聞かずには生きていけない気がして電話した」と書いたが、疲弊した理由には触れていなかった。今日はそのことを話しておこうと思ったのである。

あの時、電話口で子どもたちが声をあげて走り回るせわしい音が聞こえた。子どもがいることを知って、颯は自分のことは何一つ語らず、また彼女のことも何も訊ねず、電話を切る他なかった。

美紫緒は電話してきた訳を尋ねず、その代わり「私には六人も子どもがいるのよ」と言った。彼女は可愛い盛りの二歳の一人息子に夢中で、電話をしてきた理由を聞く余裕はなかったのである。颯は美紫緒の声を聞くことで満足しなければならなかった。

ではその時、彼女の心に颯は寸毫も存在しなかったのだろうか。そうではない。美紫緒の心に颯が存在していたからこそ、否、颯の愛の籠った強い眼差しと「死ぬほど好きだ」と言った言葉を心の中で反芻してきたからこそ、六人も子どもがいると嘘をついたのである。別れて八年も経つのに「もしもし」の声だけで颯だと認識し、いきなり「私が後悔するような立派な人になった？」と訊ねたのは、彼女の心の奥にあの日の颯が存在し続けていたからである。本当は今どうしてるのか訊きたかった。

新婚旅行の初夜でも、彼女は颯を思い出して泣き、見合結婚したことを後悔した。しかし、その時の彼女は、半ば無意識のうちに息子に夢中になることで他のことを考えないようにしていたのである。

一方的に自分から「身を引き」その後、美紫緒のことを知ろうともしなかった颯が、別れて八年も経って何ゆえに彼女に電話をしてきたのか。美紫緒の声を聞きたかったからである。なぜ美紫緒の声を聞きたかったのか。それは自分が彼女をどんなに深く愛しているか再認識することがあったからである。再認識の契機となったのは、颯の離婚であった。

長楽館のテーブルに座ると、颯は「あなたにまだ話していないことがある」と切り出し、「十三年前にあなたに電話したことは覚えているよね」といった。彼女はもちろんよく覚えていた。「あの時僕は独身になったばかりだったけど、それを言えなかった。あなたへの愛は高まりこそすれ少しも衰えていないと言いたかったけど、何も言えなかった」

「独身になったばかりって、どういうこと？　詳しく話してくれない」

「そうだよね。あなたは何も知らないのだから。僕の結婚した相手は長島直子といって、大学時代にフランス語で同じクラスだった。愛知県の旭丘高校を出て早稲田の法学部に入った。美人だとは思わなかったけれど、ナイスボディーだった。というのも、彼女は大学三年生の時、名鉄デパートが主催したコンテストで優勝したことがあった。その時、後にミスユニバース日本代表になった当時高校生だった娘に勝ったことが彼女の自慢だった。その女性は日本代表になった後、中国籍だったことが発覚して失格した」

「美高さんは美人が好きなのよね」

「美人が顔のことを意味するのであれば、そんなことはない。顔美人は世に腐るほどいるからね。僕はむしろ内面の美しさをより重視しているよ。いずれにせよ、僕の基準ではあなたが世界一の美人であることに変わりはないよ」

「私は美人じゃないわ」

「謙遜しなくていいよ。あなたは誰よりも美しくて魅力がある。ところで、直子の実家は三十数人程度の従業員がいる洋服製造業をしていた。営業の実態は分からないけど。父親は養子で子どもは三人とも女子で直子は次女だった。美紫緒と別れた後、本気で好きになった女はいない。まだ若かったし白人のアメリカ人留学生を含めてラブレターもたくさん貰った。誘われたことも何度かあったけれど、僕が惚れた女は一人もいないよ」

「私はご存知のように奥手だったから、大学時代に付き合った人はあなた以外にいないのよ。結婚してもいいと思っていたのに、袖にするのだから酷い人だと思ったわ」

「え、本当に結婚してもいいと思っていたの？」

「もちろん本当だわ」

「それが本当なら僕は〝身を引く〟とか〝諦める〟なんて言わなかったよ。僕が世界一好きな女を振る訳がない。僕の練馬のアパートは四畳半で机がなかったので、僕は炬燵を机代わりにしていた。それにテレビもラジオも持っていなかったので、その頃の流行歌などが記憶からすっぽり抜け落ちているのだよ。部屋では手紙は書いたけど、主としてただ寝るだけの場所だった。カネもなかったけれど、アルバイトするくらいなら勉強した方がいいと思っていた。

　医学部に行っていた兄の哲は、ある奨学金をもらってそれを全部僕にくれていた。医学部の奨学金は大きいからね。貧乏な割に必要な本を買うことができたのも兄のお陰だった。僕の今日あるのは哲兄のお陰なのだよ。彼も買いたい本や遊びたいこともたくさんあったと思うけど、弟に全部あげるなどなかなか出来るものでは無い。僕にとっては文字通り神様みたいな存在なのだよ。今も感謝の気持ちを忘れたことはない。

　あの頃図書館で勉強ばかりしていたけれど、それは今でも僕の血肉になっていると感じる。全て哲兄のお陰なのだよ」

「私もアルバイトはしたことがないの。そのことがコンプレックスなの」

「僕は朝起きると大学の図書館に行くことにしていた。その頃、早稲田の図書館は日曜祭日も開いていた。朝早くから図書館で席を確保し、授業は無欠席無遅刻で聞いていた。授業が終わると、図書館に戻って勉強した。入学後すぐマルクスを読みはじめたことは一度話したけど、『資本論』を読破した頃、大学の講義も専門科目だけになった。だんだん法律の勉強が面白くなってきた。三年になってゼミナール（演習）が始まると、担当教授とも議論できるゼミでの議論は心から楽しかった」

「あなたと会った時、あなたが学問に関心をもちよく勉強していることは、雰囲気からも話の内容からも分かったわ。初めて私の家の応接室で逢った時とは別人になっていたわね。私は勉強する人は好きなのよ」

「もっと早くその言葉を聞きたかったな。僕が図書館で勉強していると、よく女の子が後ろから肩を叩いて呼び出された。ノートを見せて欲しいというのが大半だったけれど、迷惑に感じることが多かった」

「大学時代は私も懐かしいわ。あなたともう少し早くから付き合っていたら、関係が深まって結婚できたかも知れないと思うことがある」

「僕も同感だね。僕があなたを神聖視せずに、もっと気楽につき合っていれば、僕はきっとあなたの腰に手を回し、引き寄せてキスするということになっていたと思う。当時は、今もそうだけれど、美紫緒が好きで、好きで堪らなかったからね。あなたと居るだけで幸せだったし、話しをしているだけで十分に至福を味わえた」

「美高さんは見かけによらず真面目なのよね」

「将来のことをいろいろ考えた末、僕はあなたから《身を引くべし》と考えて手紙を書いたけれど、その後僕の内面はバランスを崩して荒れていった。愛する対象を失って目標喪失の状態だった」

「直子さんの話を続けてちょうだい」

「考えてみると僕も迂闊だった。大学三年生になると女性は結婚を考えるから付き合う時は慎重でなければならないと教えられていたし、藤園中学の同級生の前田純子や中村幸子らの見合いの話をつぶさに聞いていたから、年頃の女の頭の八割は結婚のことしか考えていないことは知っていたが、観念的な理解でしかなかった」

「でも結婚したのだから好きだったのでしょう？」

「結婚は好きだからするというものではないよ。夏休みなどに熊本に帰るのに誘われたので新幹線の名古屋で降りて、一宮の彼女の家に寄ったことが何度かある。これも間違っていた。僕は三男だから養子にきてくれると勝手に向うの家に思わせてしまったようだ。直子からも何度も養子になってくれと言われていたが、僕は相手がどんなに資産家でも養子に行く気はないとはっきり断ってあった」

「好きでもないのにどうして結婚したのよ」

「美紫緒を失って、自暴自棄になっていた。正直なところ、僕には美紫緒をきっぱり諦めることなどできなかった。ある意味では誰でもいいという心境だったが、これも間違っていた。ある時、例年のように、帰熊の途中名古屋で降りて、彼女の家に行って夕食を食べ、僕にあてがわれていた小さな部屋で本を読んでいると、直子がやってきて両親が座敷で待っているから来てといった。言われるままに座敷に行くと、両親が正装して座っていた。僕は何事かと思ったよ。こちらも正座して座ると、母親が言った」

「颯さん、お話があるのですって？」

話などなかったので、一瞬戸惑ったけれど、すぐにこれは直子が仕組んだものだと理解して、結局のところ「直子さんと結婚させてください」という他なかった。母親はこの言葉を聞いて、にこりとして「分かりました。では本日婚約したということでいいですね」と畳みかけてきた。颯は「結構です」と応じた。

母親もこの場を早く切り上げたかったのだと思う。いつ結婚するとか、具体的な話は一切なかった。ほんの数分で終わった。母親は颯の顔を見て、直子が事前に同意をとっていないと思ったに違いない。直子は事前に相談すれば断られると判断したのだろう。母親はそれを承知の上で、娘が結婚を望んでいるのだから一肌脱ごうと決心して、着物で正装してこの芝居をしたのであった。

颯は騙されたようなものであった。颯は自らの意志で結婚を申し込んだのではなく、断りようのない状況を作られ承諾する他なかった。これは颯の人の良さに付け込まれたともいえるが、基本的には彼の意志の「弱さ」に起因するものである。

この時は話に出なかったが、その後、直子は毎日「愛しているなら養子になってくれる筈だ」と泣いて攻め立てた。颯は露ほどもその気がないことを何度もはっきり伝えた。養子になる気がないことも離婚原因の一つだったともいえよう。

仮にあの時「自分からは何も話はありません」または「僕には死ぬほど好きな女性がいる」と正直に言えば、婚約はなかったであろう。今思うと、それが正しい身の処し方であった。長島の両親にしても、可愛い娘を「理想の女性を想い続けている男」と結婚させようとは思わなかったであろう。結婚を熱望していた訳でもないのに、雰囲気に流されて婚約するべきではなかったし、結婚すべきではなかったのだ。颯は直子には悪いことをしたと反省している。

夏休み前に、直子が中村橋の有泉のアパートにやってきて、「美高さんが本当に好きな女性は誰なのか」とか「彼は私と結婚する気はあると思うか」とかいろいろなことを質問して帰ったという。有泉は「本当に好きな女性は誰か」と訊かれて、「あいつは高校の時からとにかくモテたから、どれが本命か自分には分からない」と答えた。有泉は本命が美紫緒であることは百も承知だったが、これは言わない方がいいと思って「前田純子は第一高校一の美女だといわれていたから、前田じゃないかな。彼女からは百通くらいの手紙が来ていたからね」といった。これを聞いて直子は、てっきり本命は純子だと思い、勝手に家探しして手紙を見つけ出し、これらのほぼ全てをズタズタに破り捨てた。

颯は美紫緒のことを直子に何一つ話したことがなかった。颯は中学時代から大学ノートに日記を付けていたが、ほとんどは熊本の実家に置いてきた。新しい二、三冊は東京に持参したが、そこには美紫緒を見た日の感動などが書かれていた。本棚には他の法律のノートもたくさん並んでいたので、直子もそれまで日記には気づかなかったが、たまたまこれを見つけ出した。その日記には、美紫緒への思いとそれ故の苦しみが書き連ねてあった。彼の日記を読めば、東京に来て美紫緒と会ったこともなく、手紙のやりとりもないことは、すぐ分った筈である。

激しい嫉妬心から、直子は颯の日記を読みもせず、何の躊躇もなくいきなり破り捨てた。この行為は許し難い暴挙である。嫉妬心に基づく行為は、愛情に発する行為とは似て非なるものである。颯の日記は単なる備忘録ではなく、青春の魂の記録であり中身の大半は美紫緒への思いに溢れていたが、それ以外にも心の中の消化できない課題を分析し問題を深め、反省する材料も記してあった。若さが生み出す迸《ほとばし》る情熱の言葉は青春に固有のものであって、青春の日記は生涯の宝だといってよい。

嫉妬心をむき出しにして理性をなくしたヒステリックな行為は、直子の性格の本質を示すものであった。颯は腸《はらわた》が煮えくり返る怒りを覚えた。こんな女と結婚してもうまく行かないと思わせるに十分だった。

颯は美紫緒と結婚できない以上、誰と結婚しても同じだとの心境にあった。直子が本当に颯を好きだったのであれば、真心の表出された彼の精神の記録を熟読し、美紫緒のどんな点を愛したのか、デートをしたことも手を握ったこともない女性をどうして忘れられないのか、理性的に読み解くことができたであろう。直子にあったのは激しい嫉妬心だけであり、自分の方が綺麗で頭がいいとの根拠なき妄想であった。このタイプの女性は、人間を理解して学ぼうとする謙虚さに欠ける。恋をしても稚《ち》純《じゅん》なまま成長できない。

まだ若く美人といわれた直子にはきっと、彼女に合う青年がたくさんいたであろう。颯は情にほだされて別れる決断ができなかったにすぎない。颯が美紫緒のことで絶望を感じていたことが「気の弱さ」を生み、純粋だった直子まで傷つけてしまったのだ。

結婚後、二人は地下鉄早稲田駅から夏目坂を上った原町の二百坪程の屋敷の離れの一軒家（1DK）を借りた。大学から歩いて通える距離にあり、静かな場所だった。騒音に悩まされず勉強に集中できる環境が気に入ったのである。

大学が夏休みに入ったので、予定通り二人で熊本に行くことにした。熊本に着くと、颯の両親はとても喜んで、四人で阿蘇の地獄温泉に行くことになった。颯には小学六年生の時に夏季旅行で行った阿蘇の地獄温泉での枕投げの楽しい思い出があった。

出発は午後だったので、朝から直子と二人で散歩にでた。颯の家の周辺を案内するためだったが、慣れ親しんだ街を久しぶりに歩く楽しさもあった。もちろん美紫緒の家の前を通るのも恒例の散歩コースである。彼女の家の門の前で直子に「ここが美紫緒さんの家」と言った。彼女は黙っていた。美紫緒の父の建てた住居は昔のままであったが、その後病院は八階建てのビルとなっていた。

昼食を済ませた後、四人は父の車で阿蘇に向った。温泉に着くと、周りの景色は小学生の時訪れた時と随分変わっていたが、鄙びた面影は残っていた。ひと風呂浴び夕食を済ませ自分たちの部屋に戻り眠る段になると、直子はしくしく泣きだした。「抱いてくれ」と言ってきかない。宿泊先は和式の旅館であったが、もちろん各部屋は独立しており、声が筒抜けになるような作りではなかった。颯は隣室に両親がいる部屋で彼女を抱く気になれなかった。だが彼女は抱けと言ってきかない。仕方なく応じたが、ことが終わっても直子は泣いている理由を言わない。

颯は父母のどちらかが何か傷つける言葉でも吐いたのではないかと心配し、翌朝「昨夜直子は一晩中泣いていたが、直子に何か気に障ることでも言っていないかな」と訊ねた。父も母も初めて訪ねてきた息子の嫁に嫌なことをいうような人たちではない。両親は驚いて一緒にいろいろ考えてくれたが、原因は分からなかった。

直子は弁護士を目指して勉強していたので、父は勉強が辛いのではないかと想い、昼食時に「勉強が辛いのなら、無理することはないよ」などと優しく語りかけていた。彼女は「ご心配かけて申し訳ありません。ちょっと気分が悪かっただけですから」と言った。

九月になって彼女の妊娠が分ったが、阿蘇で妊娠したことは明らかだった。彼女は一宮市の実家の近くの産婦人科にかかり、実家に帰って産むことにしていた。それまでもよく実家に帰っていたが、九月の半ばに流産した。医師によれば、安定期に入る前に何度も電車に揺られたことが良くなかったのではないかということであった。

直子はヒステリーであったが、根は正直で素直で涙もろく優しい娘だった。知的好奇心が強く本もよく読んでおり、良い母親になるのではないかと期待していたので、颯は流産の知らせを聞いてがっかりした。

他方、颯は相変わらず強い勉強意欲に燃えていた。美紫緒と別れる決断をした最大の理由は、「学問に集中して立派な学者になる」ことであった。大学に職を得れば美紫緒との結婚の道も開けると思っていた。その筋から考えると、直子との結婚は矛盾を胚胎するものであって、当初から別れるよう宿命づけられていたともいえる。学問に集中するために美紫緒を諦めたのに、勉強を邪魔する稚純《ちじゅん》な女と結婚する羽目になってしまったからである。

思えば、直子にとっては初めての恋愛であった。直子は春には新宿御苑に桜を見に行ったり、映画を見たり、美味しいものを一緒に食べに行ったりしたがった。直子の流産で、二人の間に存在していた矛盾が、いきなり現実の裂け目となって露わになったのである。

颯は直子が実家で静養している間、彼女に邪魔されることなく集中して勉強することができた。論文の執筆中で論理を練っている最中だったので、思考が中断されるのを避けたかった。論理の展開にも勢いが必要である。電話で話す限り既に元気になっており会いに行かなくていいと思った。ところが、直子の方は流産して静養しているのに見舞いにも来てくれないと不満に思っていた。お互いに素直な思い遣りに欠けていた。

颯は美紫緒を諦めた以上、学問的実力をつけ業績を上げることに常時心を砕いていた。必読の外国語の文献、明治以降の邦語文献、現下に論じられている各種の論文など、時間はいくらあっても足りなかった。

直子も自分が強引に婚約を約束させ、結婚を急いだけれど、思い描いたバラ色の結婚生活など実現せず、颯は相変わらず大学の図書館に通い勉強ばかりしている。このことは結婚前から分かっていたことであり、改めて問題にすべきことではなかった。

後で気付いたが、離婚の切掛けは、阿蘇の地獄温泉に行く日の午前中の散歩にあった。美紫緒の家の前で、颯は表札を指さして「ここが美紫緒さんの家」と言った。その言葉を発した時の颯の目の輝き、身体全体から立ち昇る喜びのオーラは、これ迄の颯が見せたことのないものだった。直子は《この人は美紫緒を愛している》、自分よりずっとずっと彼女を愛していると直感した。自分は愛されていないと感じて打ちのめされたのである。抱かれても悲しみが深まりこそすれ消えることはなかった。その結果、彼女は妊娠し流産し一宮の実家で静養することになった。体調が戻ってからも、東京に帰る気持ちになれなかった。

直子が美紫緒をどんな女性とイメージしていたか定かでないが、颯の本命が美紫緒であると知って、彼女を「壺作り」と蔑称するようになった。美紫緒は壺など作っていないので、どこから得たイメージなのか不明である。直子も一宮市の中学時代までは学年で一番の成績であったが、美紫緒が美大に行っていることを知って自分の方が彼女より頭がいいと勘違いしたのであろう。

颯が「ここが美紫緒さんの家」と言った時、立派な門構えの屋敷や八階建ての鉄筋コンクリートの病院を見て、直子は初めて美紫緒の実家が病院をやっており、自分よりずっと裕福な家の娘だと認識した。阿蘇の温泉で彼女が涙を流して泣き「抱いて欲しい」と訴えたのは、彼女の衝撃の大きさがもたらしたものだった。

美紫緒と颯の二人が「愛し合い」ながらも、お互いの将来を慮って別れる決心に至った事情を直子は知らない。颯は美紫緒を愛している以上、仮に孤独だったとしても、それに耐えて他の女と付き合うべきではなかった。

颯は彼女の流産後、これ以上夫婦を続けることは直子を一層傷つけることになると考えるに至った。二人の間では日常生活における感じ方の相違、相手の行為に対する小さな違和感などに起因する小さな喧嘩が絶えなかったが、これは愛情不足か、お互いの相性の悪さを意味する。

思えば、颯は直子と結婚したいと肚の底から思ったことはなく、彼女が強く希望するので応じたに過ぎない。同居しても直子は食事を作ったことはなく、気持ちの上で専業主婦に収まる積りもなかった。突き詰めて考えると、結婚して一緒に暮らす理由はなかったのであり、早く別れた方がお互いのためだと思うようになった。

別居中に何通かの手紙のやり取りはしたが、彼女も離婚すべきだとの結論に達していた。離婚を言い出したのは直子の方であった。離婚の合意後、颯は高田馬場の四畳半の木造アパートに移ったが、直子も父親と上京して自分の荷物を実家に送付した。離婚の届出が受理された翌日、颯は美紫緒に電話したのである。

ここまでの話を美紫緒は黙って聞いていた。途中、颯の舌足らずの説明の意味を訊くことはあったが、それは正しく理解しようとしたためであった。

一九八八年十月、颯は大阪で弁護士をしている学部時代のゼミナールの教え子から「不動産鑑定と国家賠償」について講演を依頼され大阪に行った。翌日は美紫緒と会う約束になっていた。

翌朝は早起きして朝食を済ませ、洗顔、歯磨きのあと髪を整え、東京から持参してきた論文の抜刷を読んでいた。

美紫緒が部屋をノックしたのは午前九時過ぎだった。

ジーンズの上下を着ていた。彼女のGパン姿を見るのは初めてである。最初に会った時「普段着」で来たことを強調したが、普段着はあの日の一度だけで、その後は同じ服を着たことがない。その日の予定に合わせて考えた服装をしていた。

恐らく朝早くから外出するのにシックなブランド品で身を固めると、近所の人に見られた時に男性とでも会うのかしらと疑われかねない。

美紫緒は常日頃、最寄り駅前の銀行の駐車場に車を止めるので、近所の人に会う機会は限られていたが、会ったとしてもラフなGパンの上下であれば、誰も男性とデートだとは思わないだろう。そのように考えての出で立ちであった。

彼女はシャワーを浴びた後、ベッドに入ってきた。ブラジャーやショーツは穿いていないと思っていたが、彼女はきちんと新品をつけていた。ベッドの中でお互いに横向きに抱き合ったまま、二人は静かに唇を合わせた。美紫緒の髪はシャンプーの清潔な香りがした。颯は美紫緒の頬を両手で包みながら舌を入れると美紫緒はこれに自分の舌を絡めてきた。舌技の呼吸がぴったり符合したためか、二人に次第に妖しい感覚が湧きでてきた。彼女の舌の動きは激しくはないが絶妙な艶めかしさがあり、二人は心地よい快感の中に溶けていくようであった。

颯は耳朶の内から外に、次いで首筋にかけて軽く唇と舌先を這わせながら、風呂上りの彼女のバスローブの中に右手を入れブラジャーを外して乳房に優しく触れた。

バスローブが徐々にはだけ、形のよい乳房が露わになった。初めて見る美紫緒の胸は大きすぎず小さからず、四十一歳とは思えない若い弾力を維持していた。

充血して突起した乳首を口に含み舌先で転がし優しく吸った。彼女の気持ちも高まってきたので、いよいよショーツを脱がせて挿入すると、美紫緒が意志的な強い口調で「あなたコンドームをしているでしょう。すぐに外して!!」と言った。女性からこんなことを言われたのは初めてであった。一瞬その意図が分からなかったが、「私はあなたの子供を妊娠したいの」と言った。颯は感動をもってこの言葉を聞いた。

ことが終わると、彼女は喉が渇いたからジュースを飲みたいといい、颯が冷蔵庫から取り出してコップに入れると、「口移しで飲ませて」と言った。彼女が飲み終わると、今度は彼女が口移しで颯の口にジュースを流し込んだ。

美紫緒は満面の笑顔で「口移しは初めてだけどあなただからできるのよ。少しも汚いと思わないから不思議ね」と言った。颯も「僕も初めてだよ。美紫緒とだったら、何だってできる」と応じた。

二人は予定どおり、ホテルグランヴィアをチェックアウトした後、ホテルニューオータニ大阪に直行し、再会初日に長話をした「ラウンジ」で簡単な昼食を済ませた。二人で部屋に入ると、このホテルのダブルベッドは広く二人で話ができるソファーも置いてあった。

颯は二泊程度の旅行の際は、大学に通う時に使用する四角い黒革の鞄を持っていくが、中には学会の資料の他、下着の替えとワイシャツ等しか入っていない。

部屋に入ると、スーツを脱ぎホテルのバスローブに着替えて歯磨きをし、顔を洗った後、ベッドの上に腰を下ろした。美紫緒もシャワールームで身繕いをした後バスローブを纏って部屋に入ってきて、彼の横に腰掛けた。

彼は美紫緒の腰を抱いた後、両手で頬を挟んでキスをしながら、二人でベッドに倒れ込んだ。美紫緒の唇は温かく、生き生きと反応した。天下一品のキスを味わった。二人は先ほど抱き合ったばかりである。ことを始めるのは話をしてからにしようと思った。脚を絡ませながら唇を離して囁くように言った。

「今朝は素晴らしかったよ」

「美高さんは女の人をたくさん知っていると聞いていたので、自信がなかったのよ。グラマーでもないし胸も小さいし……」

「あなたの胸は小さくない、とても美しい。まだ処女のような張りがあって全く衰えていない。子どもも生んでいるのに不思議なくらいだ。夫にはこの美しさと感度の貴さが分からないのだ。あなたのおっぱいの美しさは見ているだけで惚れ惚れするし発情する。それにおっぱいは大きければいいというものじゃない。一般的に巨乳は感度がよくないからね。巨乳が好きだというのは、往々にして性の分からない未経験者に多いのだよ。最も感度が良いのは、あなたのおっぱいの大きさなのだよ。実際あなたの感度は抜群だしね。それにセックスの素質はきわめて優れている。言い方が難しいけど、未開発の処もある。神様がわざわざ僕に残してくれたのだと信じたいね」

「まあ。私はまだ未開発なの？」

「素晴らしいが、まだ開発の余地があるということだよ。そのうち分かる。これからあなたは僕のものと心得て開花させてみせる」というと彼女は嬉しそうに微笑した。

「気に入らないのは、キスが上手すぎるということだね。一体誰に教えてもらったのかと思ったよ」

「話したでしょう。処女で結婚したことは。夫以外の男とキスしたことなんかないわよ」美紫緒は不満げに言った。

「分かっているよ。童貞男がキスだけ上手いとは考えられないからね。それにキスは教えて上手になれるものではない。センスの問題だからね。センスの悪い女にどんなに教えても服を上手に着こなせないのと同じだよ。僕は一瞬誰を相手にキスしてこんなに上手になったのかと思ったけれど、女も知らなかった旦那があなたにキスを教えるなんてあり得ないからね。これは美紫緒の先天的なセンスの良さだと思った。こんなに素敵なキスをする女性は初めてだよ。こんなに上手く旦那とキスしているかと思うと嫉妬しちゃうよ。蕩《とろ》けるような快感だからね」

「私は夫と真面目にキスしたことはないの。彼はキスがどんなものか少しも理解していない。前戯なんて考えたことのない人なのよ。それよりあなたのキスは素敵だったわ。誰に教えて貰ったのかしら。それともたくさんの女性を渡り歩いて磨いたの？　私の方が気になったわよ。それに今朝口移しでジュースを飲んだ時思ったのだけれど、好きな人でないとああいうことはできないわ。キスも同じよ。本当に好きだと思わないとへビーキスなんかできない。十八年も結婚しているけど、こんなへビーキスはあなたが初めてなの」

「それを聞いて少し安心した」

「あなたのキスはとろけそうだし性欲を刺激するし、何時間キスしていてもいいくらい素敵だよ」

「そう言ってくれると嬉しいわ」

「嘘なんか言わないよ。お世辞は言わないのが僕の主義だ。ところで、美紫緒さん、これまでの情報を総合すると、ご主人はあまりセックスに執着のない人のように思えるね。こんな綺麗な女性を前にして初夜に手を付けなかったことが全てを物語っている」

颯は真面目な顔をして続けた。

「これまで何度か言ったと思うけれど、もともと僕は美紫緒に会うために生まれてきたと思っている。

サルトルはボーヴォワールに僕らの恋は《必然の恋》だと言ったけど、そう言い換えてもいい。今度二十一年ぶりに再会して、本来あなたは僕と結ばれるべきだったと一層強く思うようになった。こんなことを訊くのは失礼だけど、週に何回、あるいは月に何回くらいしているの？　答えたくなければ答えなくていいよ。できれば知っておきたい。今後のために」

美紫緒は恥ずかしそうに笑いながら、「彼はセックスに執着のない人なのよ。どこで仕入れた知識なのか知らないけど、セックスは二月に一度くらいするのが義務だと思っているみたい。何の進歩もないし研究心もない人だわ。惰性でやっているのだと思う」

「そうか。話してくれてありがとう」

そういって、彼女を強く抱きしめた。二人はベッドに横になったまま話を続けた。

「この間、あなたが私たち夫婦の行動の分析をしてくれたでしょう。あなたに指摘されて新たに気づいた点もあったけれど、全部当たっていると思ったわ。だいたいお見合いで結婚相手を見つけるような人だから、恋愛の経験もなければ女の経験もないのよ。それだけならまだしも、この人には私と共に暮らしたいという内面的要求は何もなかったのよ。

ご両親としては一人息子だから嫁を持たせなければならないと思ったのでしょうね。そこに父親の気に入った女性が現れて、強く勧めるのですぐに結婚の申込みをしたということらしいわ。先日念のためにあなたは私の何が気に入って結婚する気になったのか訊ねてみたの。ところが、黙っているの。何も答えないのよ。呆れたわ。つまり気に入ったという積極的なものは何もなかったということなのよ。結婚して十八年も経つのに、私の何が気に入って結婚を申し込んだか一言もいえない。もともと寡黙な人だけれど、私に決めた理由を言えないことと寡黙とは無関係でしょう」

「聞くと腹が立つけど、こういう人物に腹をたててもしようがない。むしろ僕は自分により強く腹が立つ。こちらはあの時、何日も真剣に思い悩んで《身を引く》決心をしたけれど、全く愚かだった。どうしてあの時、もっと冷静に将来を見通して、あなたに暫く我慢してくれないかと頼んで、頑張らなかったのかと思う。あなたの夫の場合、あなたを何も理解しないまま結婚している。あなたのように綺麗な上に性格も頭もいい女性と結婚する資格なんか元々なかったのだよ。

二十一年前新宿で最後に会った時、あなたは《私が後悔するような人になって》と言った。人生にとって職業と配偶者の選択は最も重要なことだけれども、僕は職業の方は好きな仕事を掴めたので幸運だったけれど、配偶者の選択については大失敗をしてしまった。世界一好きな女がいたにもかかわらず、無理をして諦めたため内面は大いに荒れていた。ずっと後悔しながら生きてきた。でも時期が熟すれば、必ず奪い返して本来あるべき正常な姿にしてみせる積りだ」

「私の方は、前にも言ったけれど、お見合いの時から彼に何一つ魅力を感じなかったし、十八年間一緒に暮らしても愛情は生まれなかったわ。悪意のある人ではないし、取り立てて意地悪でもないので、電話で《いい人》と言ったけど、正直に言うと、この人と結婚して本当に楽しかったとか、良かったとか、この人は凄い人だなと思ったことなど全くないの。この欠落感は本質的なものだと思うわ。相性がまったく合わないの。この人は一体何を目的に、何を楽しみに生きているのか、今も理解できないでいる。

私の内面のこういう諦念や空虚感が、きっと日頃の態度にも出ているのでしょうね。他人から見て、夫に愛情がないと映るのはきっとそのせいだわ」

「僕はあなたが死ぬほど好きだったのに、あなたの結婚の障害になってはいけないと思って身を引く決心をした。思えば、本当に愚かだった。あなたがこの程度の男と一緒になることが分っていれば、《身を引く》などあり得ない選択だった。しかし、僕もあなたもまだ若い。やり直しは利くはずだ。美紫緒が生きている限り人生は生きるに値すると思って何とか生きてきた。

　自分から身を引いておいて偉そうなことは言えないけど、あなたでなければ僕の精神に本当の自分のリズムが生まれてこない。だから長い間苦しんできた。自分には美紫緒が必要だと思って生きてきた。出会った直後はあなたから手紙の返事がこないというだけで勉強が手につかなかったが、今は違う。あなたのことを強く思っても、僕の生活や勉強が乱れることはない。原稿の締め切りがあると頭を切り替えざるを得ないからね。

　もっとも、頭の半分ではいつも美紫緒のことを考えている。それでも執筆中の論理が迷走するとか、失速することはない。この間苦しんできたお陰で理性が鍛えられたのかも知れないけれど、現在はもっと大きな理由がある。それは美紫緒が僕を愛してくれていることを感じることができるからだよ。愛しているよね」

「もちろんよ。最初にあなたと会って眼が合った時から、あなたのことは好きだったわ。何て素敵な人だと思った。初めての経験だった。私は男女共学だったのは小中学時代だけなの。第一高校は共学の建前だったけど、あなたもよく知っている通り男性は居ないも同然だったし、大学も女子大だったでしょう。確かに小中学時代に何人かの男子が私のことを好きだということは知っていたし、高校生になって手紙を貰ったこともある。でも私が惹かれるような人はいなかったわ」

「僕の方は、大学に入ってあなたに最初に電話した時、美紫緒には恋人がいるのではないかと思っていたので、振られる覚悟だった。あなたが恋人も作らずに真面目に学業に打ち込んでいると知って、思っていたとおり素晴らしい女性だと思ったよ」

「私はあなたが大学に入ったらすぐに連絡してくれると思っていたけど、何も連絡してくれなかった。だからあなたから突然電話をもらった時は本当に嬉しかったの。プチ・モンドであなたがプロポーズしてくれた日のことは、多分あなた以上にはっきり覚えているわ。私にとっては初めてのプロポーズだったからね。あなたの眼は真剣だった。真正面からストレートに世界一愛していると言ってくれた」

「返事は貰わなかったけど、僕は自分の気持ちを伝えることができれば十分だと思っていた。あなたにだけは自信をもったことがない」

「でも、私はあなたの誘いを断ったことはなかったでしょう。すぐにプロポーズの返事はしなかったけれど、あなたが死ぬほど好きだといった言葉は本当だと思っていた。だから、結婚相手はあなたしかいないと思っていたのよ。あなたも私の気持ちは分っていると思っていたの。私の態度をみていれば分かったはずだわ。あの時久し振りに会って、あなたは精気に溢れていて誰よりも魅力的だった。十八歳の頃は才気走った感じだったけれど、私と逢わなかった間も、ちゃんと勉強して成長したのだと思った」

「そういう言葉を聞くと本当に嬉しい。舞い上がってしまう。もっと早くあなたの気持ちが分っていれば、僕の人生も違った展開になっただろうね。今更いっても詮無い事だけど、今度は失敗せずに意志を全うしたいよ」

「あなたと居ると気持ちが解放されるわ。今日初めて結ばれたわね、念願が叶ったわ」

「愛する女性を抱くというのは、こんなに素敵なことかと思ったよ。やはりあなたは最高の女性だよ。

さっき《未開発部分》など失礼なことを言ったけど、これは神様が僕に残してくれたものだと心得て必ず開花させてやろうと思う」

「楽しみにしているわ」

「ところで、中学時代からの名だたる秀才の多くは、みんな美紫緒さんが好きだった。京大医学部に現役で受かった小野、九大工学部に受かった原田、その他何人もいる。特に原田があなたと一緒にボーリングに行った話を聞いたときは、激しく嫉妬したよ。小野は同じクラスになったことがなかったので、よく分からないが、何度かあなたの家を訪ねたけれど、あなたに会えなかったそうだ。千恵子さんの話によると、あなたのご両親はあなたが彼を選ぶことを望んでいたようだね」

「確かに父も母も小野さんに対して好意はもっていたわね。でも小学生の時から同じクラスだったから、私の方は友達以上の目でみたことはなかったわ」

「正確にいうと、あなたを好きだったのは秀才だけではないよ。三年生のとき同じクラスだった清塚などは、五福幼稚園であなたと同じクラスになって『こんなかわいい娘がいるのか』と思ったらしいよ。小学も中学もあなたと一緒のクラスになったらしいけど、そのうちあなたがとんでもない秀才だと分って『自分なんかが手の届く相手ではない』と思うようになったと言っていた。僕もあなたの名前だけは知っていたけれど、残念ながら会ったことはなかったね。少女の頃のあなたを見たかった気がするけど、十八歳で初めてあなたを見た僕は、今にも花が開きそうな時でむしろ幸運だったかもしれない。

あなたは天使の笑顔を持っているからね。あなたから笑顔で話かけられると、男はひょっとすると自分を好きなのかなと誤解してしまう。のぼせ上がって冷静な判断力が働かないからだよ。かくいう僕もあなたの家の応接室ではじめてあなたを見た時、あなたの笑顔と魅力的な眼の力に冷静さを失って、ひょっとすると好意をもって貰えたかもと思ったもの。今あなたが結婚相手は僕しかいないと思っていたと聞いて、飛び上がる程嬉しいよ」

「今度の手紙で二十一年間も私のことを忘れていないことを知って、本当に嬉しかったわ。手紙を頂いてから半年経つけれど、あなたとの歴史を自分なりに振り返ってみると、私は最初にあなたと眼が合った時、あなたに好意を持ったのよ。私がクラス会で阿蘇に行った後もあなたのことばかり話すので、母親もそのことを感づいて、少し警戒しはじめたのよ。最初はあなたのことを《武者の良か人ね》と褒めていたのに、だんだん褒めなくなった。あの頃、母は私を医者と結婚させようと思っていたので、あなたが法学部を目指していると知って、はっきりとブレーキを踏み始めたのよ」

「僕もそのことは感じていたよ」

「父の場合は、旧制五高時代の友達で東大や京大の法学部に行った人もいるし、京大時代にも法学部の友達との付き合いはあったようだから、医者じゃないと駄目だと思っていた訳ではないと思うけど、母の場合、日本の国が東大法学部出の官僚支配の国だという認識がなかったのね。熊本という田舎の生活者目線の判断基準しか持っていなかったのだと思うわ。私はあなたも知っての通り、医者とは結婚しないと決めていたけど、職業的な偏見は全くなかった。父と母のようにお互いに協力しあって人生を作って行ければいいと思っていたの。社会科学の知識も今度あなたからいろいろ教えて貰うまでは、何も知らなかったから、その意味で固定した判断基準がなくて自由だったのよ」

「なるほど」

「自分の半生を振り返ってみると、私の初恋は美高さんなのよ。今度再会して立派になっているあなたを見て、見合い結婚したことを心から後悔している。誰よりもあなたを愛しているわ。あの時も私はあなたと結婚したいと思っていたのに、どうして話し合いもせずにあなたの《身を引く》という申し入れを受け入れたのか後悔してきた。不思議よね。私の方はあなたの学問に対する情熱や能力を邪魔してはいけない、とばかり考えていたのだから」

「そうとは知らなかったよ。僕は名乗りをあげた候補の一人に過ぎない。あなたには既に一人前の男性として世間で通用する立派な候補者がいくらでもいたのだから、あなたが幸福になることを邪魔してはいけないとばかり思っていた。僕があなたに自信を持っていたならば、ああいうことは言わなかった。自信があれば、何としても待ってもらっていたよ。あなたと結婚できていたら、僕の人生は間違いなく大きく変わっていた」

「私だって同じことが言えるわ。大学を卒業して熊本に帰った後、医者とは結婚しないと両親に強く言ってあったせいで、なかなかいい相手が現れなかったの。それでもお見合いの話は幾つか頂いたけど、私はどうしてもあなたと較べてしまうの。だから熊本では一度も実際にお見合はしなかった。

友達はどんどん結婚していくし、だんだん焦りもでてきたわ。あなたの誕生日に熊本のあなたのうちに誕生日おめでとうの葉書を出したことがあったけど、覚えてない？　東京の住所が分っていれば手紙を書いたのだけど、返事がないのでもう忘れられたのだと思っていた。心の底では、あなたから『結婚できる』と連絡がくるのを期待していたの。死ぬほど好きだといってくれていたでしょう。あなたを信じていたのよ」

部屋のカーテンは既に引いてあったので部屋は薄暗くなっていたが、ベッドの中でお互いを熱く見つめ合うと、お互いに欲情が高まってきた。今度は時間を気にしなくてよい。二人は激しく愛し合い五回も果てた。颯には二十一年分の愛情と欲望が溜まっていた。

美紫緒には、過去に味わったことのない狂おしい濃密な時間であった。これまでの自分は孤独と虚しさの中で毎日を過ごしてきたのだとしみじみ思った。颯の愛が自分の心の奥深く沁み込むのを実感した。彼女は心地よい疲れに襲われながら熟睡した。

ベッドのシーツの目が粗い上に、同じ姿勢を続けて膝の内側を激しく擦ったせいで透明な液体（血漿）が滲み出ていて、何かに触れるだけで痛む。血は混じっていないが皮膚が傷んでいた。

第七章
蓉子

美紫緒への思いを断ってからの颯は、恋愛への幻想も情熱も失っていた。直子との離婚は当然の帰結であった。ならば、蓉子との再婚はどうなのか。

蓉子と出会ったのは、美紫緒を諦めてから十一年後のことであった。一つは、颯自身このまま独身でいようと決めていた訳ではない。颯の両親は颯が時々腹痛を起こすのは不規則な生活と食生活にあると考え、身を固めた方がいいと言うようになっていた。二つ目は、蓉子は兄の同級生であるが、大学時代に偶然蓉子と出会って「奇麗になっていた。結婚しようかな」と言ったことがあった。兄はその後何の行動もとらなかったので、単なる心情の吐露にすぎなかったのであろう。尊敬する兄の言葉は颯に深い印象を残した。兄が一度そう思った以上、いい女に違いないと思った。三つ目は、蓉子がずば抜けた秀才であるとの評判を子どもの頃から聞いていたことである。中学時代に全県テストで一位だったこと、当時最優秀な女子校であった第一高校に首席で合格し卒業まで一度も席を譲ったことがなかったなどは、颯の同級生からも聞いていた。颯はもともと賢い人が好みだったので、母から彼女がまだ独身だと聞いて強い関心を持ち、その日のうちに彼女の勤務する高校に電話を入れ、会って貰いたいと申し入れた。

蓉子はすぐに承諾したのではない。夜八時過ぎに颯の実家に電話があり、颯の母に「颯という方からお昼に電話を貰ったのですが、改めて何の用事でしょうか」と尋ねてきた。颯は母に「すぐにこちらから電話する」と言って貰い、外の赤電話から電話して説得し、結果として、翌日銀座通りの紀伊國書店内の喫茶店で夕方六時に会うことになった。

颯は彼女の顔も写真も見たことがなかったが、見れば必ず分かると確信していた。喫茶店に現れた彼女は直子とは真逆の大人しく品のあるイメージ通りの女性であった。暫らく話してみて、彼女は才知を鼻にかけるような人でないことも分かった。

話し方は穏やかであり、日の輝きも柔らかく優しい。才気走ったことなど一言もいわず、横文字（英語）もまったく使わなかった。友人には外国語のできない奴ほど何かと英独仏の単語を使いたがるのがいるが、専門用語ならいざ知らず、日常の会話に外国語はほとんど不要である。

彼女は「父は小学校しかでていないけれど、自分は心から尊敬している」といった。颯は、このひとことで蓉子との結婚を決心したといってもいい。これ以上の澄み切った知性があるだろうか。人の価値は学歴や学識で決まるものではない。彼女は何の前提も御託もなく素直に自分の気持ちを述べた。素晴らしい女性だと思った。自分のことはもちろんのこと、兄弟、親戚等についても何一つ自慢めいたことは言わなかった。この正直さ、誠実さ。人間としても女性としても、それだけで十分である。

女性と真剣に話をする時は、あくまでも正直に、胸襟を開いて率直に話す。嘘はつかず小細工も用いない。これが颯の流儀であった。

二時間余り話した後だっただろうか、颯は「今日はあなたと話してみて、あなたの穏やかな人柄と優しい教養のある人であることが分かった。是非結婚してもらいたい」と言った。会った日のプロポーズは颯も初めてであった。本気であることは、彼の真剣な目、真摯な態度等から疑う余地のないものだった。彼女にもきちんと伝わったに違いない。

プロポーズは人生でも重要な事柄であるから、時間をかけて徐々に気持ちを確かめた上で判断すべきだとの考え方もあるであろう。しかし、颯はそんな凡庸な方法を好まない。常日頃自分には一目で真贋を見抜く力があると思っていた。男女の恋については一目惚れこそ本物であり、最良の判断であるとの信念をもっていた。それに同じ熊本に暮らしているのであればともかく、東京と熊本と離れている以上、悠長に時間をかけて愛を育む余裕はない。プロポーズする以上、自分の離婚についても話しておくべきだと思って、初婚の相手、経緯、離婚理由などの概略を語っておいた。「この点について隠すことは何もないので、気になる点があれば何なりと質問してくれ」と言った。彼女は「何もありません」と言った。

たかだか数時間話しただけでプロポーズしたことを蓉子がどのように思ったか、颯にも分からない。初めて会うタイプの男性だったことは確かだったようである。しかし、軽率な態度と考えた節は全く感じられなかった。むしろ自分に一目惚れしてくれたことを嬉しく思い、「結婚して欲しい」の言葉を聞いて心の中に嬉しい気持ちが湧き立った。

颯は来週末には東京に帰らなければならないことを告げ、「近いうちにもう一度会いたい」と言った。彼女は「今日は御馳走して貰ったので、今度はお返ししなければいけませんね」と応じた。これは蓉子の方も彼を気に入ったことを意味していた。

帰宅して、蓉子は親に颯との会談の模様を詳しく正直に話した。そして「これを受けようと思う」ときっぱり述べた。突然現れた男と一度会っただけで、「結婚する」と決心したのであるから、父も母も驚いた。家も近いし、まさか騙されているなどとは思わなかったが、一体こんなに賢い娘がたった一度会っただけで結婚を決意したというのであるから、どんな魅力のある男性なのかと思った。

蓉子の親が出した結論は、両家がともに知っている人を仲人にたてて正式に申し込んで欲しいということであった。幸い紺屋町二丁目の遺族会館の管理人の田中さんとは両家とも親しくしていた。この方は元軍人で実に大らかで明朗な人物であり、颯も子どもの頃からとても好きな人だった。そこで田中さんでどうかと問い合わせると「結構である」ということであった。

蓉子の父親が颯の帰京する前に是非一度会っておきたいということだったので、ANAホテルで会うことになった。蓉子の父親は毛沢東を想起させる堂々たる体躯をしていた。娘が尊敬しているというだけあって、どこにも卑屈なところなどなく、ご本人は小学校を卒業してすぐ料理屋で働き、弟を旧制五高から東大法学部、長男は慶応大学法学部、次男は旧制五高から東大法学部に進学させた。中高とずっと首席を通した自慢の娘蓉子は、医学部でもどこでも受かると言われていたが、叔母が津田塾卒だった縁で津田塾大学の英文科に進んだ。颯との会談の折、父親はこれらのことについて、一言も触れなかった。

中学時代、永野健司という国語の先生がいた。二年生の初の授業の時、藤木蓉子を見て「君は藤木由紀夫の妹か」と訊いた。「そうです」と応えると、先生は「藤木君のような大秀才が戦争で死に、僕のような凡庸な男がのうのうと生き延びているのは不条理だよな」といってボロボロ涙を流した。彼女の兄の由紀夫という人はよっぽど友人にも好かれる人物だったのであろう。

弟も子どもも立派に教育を受けさせながら、婚約者の颯に何一つ自慢しようとしない父親の態度は実に見上げたものであったというべきであろう。颯が彼女の兄や叔父たちのことを知ったのは、結婚後に蓉子の母親から聞かされたに過ぎない。娘が「父を尊敬している」というのも分かる気がした。

颯は蓉子を一目見て結婚を申し込んだのであるから、一目惚れであることは歴然としている。父親もこの点はよく理解していたようであった。やっと片付いてくれるという意味で多少嬉しい気持ちもした。しかし、ある日突然空から降ってきたように現れ、これまで一度も首を縦に振らなかった娘に、たった一度会っただけで結婚の決意をさせたことについて、親としては半ば狐に摘まれた感じを抱いていた。

この日の会談は父親が全眼力をかけて、果たして娘の婿としてふさわしいかどうか見定めようということであった。颯には父親がどういう判定を下したか知る由もなかったが、この後、強く反対したとは聞かなかった。

颯の場合、両親の日頃の教育のお陰で礼儀正しさは身についており、常日頃誰に対しても失礼な態度をとることはなかった。この日は重要な会談であるから、父親に対しても礼を尽くした態度で臨んだ。尋ねられたことには、何一つ誤魔化さず正直に答えた。おもねることもなく、明快な言葉で誠意をもって話をしたので一応合格点が貰えたのであろう。

颯の側から父親に訊ねることは何もなかった。

颯は初めて会った時に、蓉子が正直で誠実この上ない女性だと思ったが、料理の腕前など一般に主婦として必要な技量などには元々関心がなかった。生きていれば誰でもいずれ身に着くものだと思っていた。だから、その他のことは全く気にもならなかった。最初から完全な人間などいない。自分だって欠点だらけの人間である。足らざるところは、お互いに補い合えばいいと考えていた。正直と誠実は人間の信頼の基礎であるから、それさえあれば十分であると。

一般に結婚式については、両家の家風、親の考え方、当人の希望等々がまちまちあるため、しばしば細かいことで対立が起り破談になることもある。颯は相手が了解するのであれば「式」は不要だと考えていたが、蓉子は藤木家の自慢の一人娘であり、そういう訳にはいかないことも理解していた。

そこで、蓉子には「できるだけ出席者は少人数にしてもらいたいこと、その他は全てあなたに任せる」と言い残して東京に帰った。結婚式までに彼女は二度東京にきたが、颯は身体を求めることはなかった。二度目の上京の折は二人で住むアパートを探し、中野区弥生町の１ＤＫのマンションに決めた。新宿から地下鉄丸の内線で二つ目の駅であった。

颯は約束通り結婚式の前日、飛行機で帰熊し自宅に帰る前に藤木の家に挨拶に行った。この時、颯は初めて蓉子の母親に会った。母親は初対面の颯との会談を大層喜んでくれた。

「どうしてお父さんがＡＮＡホテルであなたと会った時に、私も一緒に行かなかったかと後悔していました。蓉子はこれまで百回もお見合いしとるとですけど、一度も首を縦に振ったことがなかとですよ。ところが、今度は年下だというのに、最初から結婚するというですもんな。驚いたですたい。写真もなかですけんね、どきゃん男の人だろうかと、早う会いたかったですたい。蓉子は第一高校に首席で合格して卒業するまでずっと一番だったですたい。娘が決めた人だけん、そらあ《すごか人だろう》とは思っとったですけど、お会いして安心しました」と言った。

百回の見合いは少しオーバーかなと思ったが、あり得ないことではないかもしれない。しかし、百回だろうが十回だろうが、そんなことはどうでもいいことだ。ただ唯一自分にOKを出したと聞いて素直に嬉しく思い、この人は幸せにしなければならないと改めて思った。

一九七八年十二月、熊本のホテルで結婚式を挙げた。いまでも当日、颯は左横に座っている蓉子が心から嬉しそうにしていた表情が忘れられない。いろいろな人が彼女の処に来てお祝いの言葉をいい何か話をしていたが、この人はこんなに喋るのかというぐらい、皆に笑顔を振りまいていた。彼女の快活で嬉しそうな表情を見て、両親も胸を撫でおろしたことであろう。

結婚式の司会は兄の哲が務めてくれた。「自分は国際会議の英語での司会だってこなしているのだから何の心配も無用だ」といっていたが、見事に努めてくれた。

式の終わりは、通常新郎側の親の挨拶で終わるものであるが、この日は新婦の父親も挨拶した。何年か経って「あなたはお父さんの挨拶を覚えているか」と問うと「覚えていない」と言った。颯ははっきりと全てを覚えており、その大要を話した。愛情あふれる立派な挨拶だったが、あなたのいったように尊敬に値する父親だと僕も思った、と。

最後は颯が挨拶に立って、論語の冒頭を飾る学而(編)について述べた。前段は学問について触れているが、結婚式では後段の「人知らずして慍《いか》らず、亦《また》君子ならずや乎《や》」を取り上げた。「人知らずして慍らず」とは、他人が自分の価値や能力を認めてくれなくても、君子はこれに肚を立ててはならないということである。真に価値のあることは容易に他人に理解されないが、挫けることなくひたすら努力をせよ、との意味である。すなわち、自分は現在無名の学徒に過ぎないが、いずれ他人もその価値を理解する日が来るであろう。自らの「大志」を高らかに宣言するとともに、今後努力を重ねていずれ歴史に名の残る業績を残して見せるという若者らしい夢を語ったものであった。

蓉子は上京して新居に落ち着くと、高齢出産を慮《おもんばか》ってすぐに近くの総合病院で不妊治療に通い始めた。颯がそのことを知ったのは、「今日は妊娠のチャンスだと言われました」と恥ずかしそうに言った時である。

卒業後十年も経っていたが、東京には彼女の大学時代の友人が結構いた。大学時代の友人の勧めもあって、千駄ヶ谷にある津田英語会で英語を教えたりしていた。しかし、妊娠してからは、アルバイトは止めた。蓉子は「私は一度に二つのことはできない」が口癖であり、仕事をしながら子育てということはできないと考えていた。

長男が誕生するまでは、若やいだ新婚時代だった。この頃、英字誌『タイム』を二冊購入して、夕食後よく蓉子と二人で読み合わせをした。英文科を出ているだけあって、彼女の単語力は颯を上回っていた。それに少し難解な文章がでてくると、彼女は文法的に見事に解明してくれるので、感心したものである。二人で『タイム』を読み合わせていた頃は、幸せな時代だった。

その後、颯は研究の必要上アメリカの「ロー・レビュー」等を読みまくり、面白い論文に出会う楽しみを覚えた。また早稲田の政経学部は東大と違って政治英書が必須科目になっており、若手の教師は一、二年生を相手に担当教師が選んだ英書テキストを使って、翻訳はもちろんのこと内容についても様々な角度から講じなければならない。こうした仕事をこなしているうちに英語を読む速さ、理解力ともに蓉子を上回ってしまった。

一九八〇年に待望の長男信一が誕生した。それ以降は二人で『タイム』を読み合わせる時間的余裕もなくなった。颯の場合、まだ青年の積りでいたが、子どもが生まれてからは嫌が上にも毎年歳をとらされると感じた。赤ちゃんは日々成長し、あっというまに言葉を発し、自分の意志と感情を持つようになる。そうなると嫌でもパパにならざるを得ないのである。

長男が誕生した翌年、熊本から颯の両親が東京に転居してきて近くに住んだ。特に母親は三人の息子が全員熊本を出て行き、孫が生まれても身近で可愛がることもできないので、とても寂しがっており、東京転居を切望していた。思えば、父も旧制高校、大学時代は東京に住んでいたし、母も結婚するまでは東京の品川で暮らしていたのだから、東京に違和感はなく、むしろ孫たちが訪ねてくれるので大喜びであった。

蓉子がよく「お母さんは私より記憶力がいい」と言ったが、百歳で亡くなるまで、子供や親戚など三十人くらいの電話番号を全て覚えていた。九十六歳の時、家の中で転んで肋骨を折り寝たきりにならなければ、百歳を超えても元気に一人暮らしができたであろう。

少なくとも颯にとっては、両親が東京に来てくれたことはいろいろな意味で助かった。両親はともに耄碌することもなく、最後まで元気だった。颯の二人の子どもたちは、可愛い盛りに祖父と祖母に可愛がってもらって本当に幸せだった。信一も香《かおる》も「お祖母ちゃんの料理は世界一美味しかった」と大人になった今でもいう。

香が成長してくると、料理の仕方などにも興味を持ち台所に母親にくっついて手伝おうとするが、蓉子は「邪魔だから」と追い払うのが常だった。まさに「一度に二つのことはできない」からなのであろう。しかし、祖母は真逆であり、香にいろいろ教え、香ができるものはさせてやりながら料理するので、香は楽しくて仕方が無かった。

香が祖母の家に行くと、「よく来たね」といって「背骨が痛くなる程」強く抱きしめてくれた。だから信一も香も祖母が大好きであった。祖母はいつも笑顔で全身から愛情が溢れ出ているような人であった。

子どもが生まれてからは、蓉子は夏休みには必ず二人の子どもを連れて比較的長期間熊本の実家に帰省した。この時代は、蓉子にとっても最も充実した幸福な時代だったかもしれない。

颯は根からの子ども好きであった。二人の子どもは、赤ん坊の時から風呂は颯が入れた。洗い終わると、蓉子がバスタオルをもってきて手ずから彼女に引き渡すのである。彼女は天花粉を付け、おしめを穿かせ寝具を着せて一丁上がりということになる。

帰熊に際して、颯は蓉子の実家に泊まることはなく、一人でホテルに泊まった。妻の実家で朝食や夕食を食べるよりもホテルの方が気楽だったし、友人たちと時間を忘れて語り明かすための帰省であったので、夜中に妻の実家に帰るのは気の重いことだったからである。

颯は熊本の街が大好きだった。通いなれた街を歩くだけで大地から身体に不思議なエネルギーが注入されるような気がした。熊本城も立田山も花岡山も金峰山も、白川も坪井川も、市街地も愛してやまなかった。

颯の帰省の目的は友人との交遊にあった。九〇年代の当初は約三十人でやったこともあるが、人数が多すぎるとじっくり話ができないので、次第に人数を減らし十人程度にした。市外からも県外からも、会いに来てくれる友人は本当にありがいものである。高校時代の話、近況、世界情勢など話は無秩序にあちこち飛んでいくが、最後に皆でカラオケに行き、歌を歌うのも大きな楽しみである。颯は酒を飲まないが、飲んだ連中と変わらず、気持ちは緩み話題も限定なしの無礼講を原則とした。

高校時代をよく知っている友人は、いずれ颯が政治家になると思っていたようである。「いつ選挙にでるのか」とか、熊本日々新聞に勤務めている友人は「政治家の動向覧に美高教授帰省」と載せるので、必ず事前に日程を教えて欲しいと言った。母校熊本高校では三度講演を依頼された。親友の一人は「美高は大学教授になっても全然変わらんけん、嬉しかたい」と言い、別の一人は「美高のカリスマ性は昔と変わらんな」と言う。

颯はそのように言って貰えること程嬉しいことはなかった。精神の核心は高校時代と何も変わっていなかったからである。

香の生まれる前であるが、颯が家に帰ってくると信一は玄関まで走ってやってきて、「帰ってきた、帰ってきた」と足を踏み鳴らし全身で喜びを表していた。颯には生涯忘れられない嬉しい光景である。信一は父親がそこに居るだけで嬉しかったのである。颯は息子を抱き上げ、何度も頬にキスを浴びせた。

颯は子どもを怒ることがない。また何かを押し付けることもない。子どもには常に最大限の自由を与えた。子どもにも意志があり、好き嫌いの感情がある。颯は常に子どもの意志や希望を察して好きなようにさせた。

ところが、蓉子の方は内面に固有の軌範をもっているらしく、彼女の信ずる軌範を押し付けようとする。子どもの考えと無関係に母親の意志を貫こうとする。

蓉子は颯の生活や行動に介入することは無かった。例えば、颯は典型的な夜型人間であり、寝るのは通常夜が明けてからであった。早ければ朝四時五時に寝る時もあるが、その日の調子次第では正午過ぎに就寝ということもあった。若い時は、徹夜して講義に出掛けることもしばしばあった。三時間も寝れば十分であり、寝不足だから不機嫌になることは全く無かった。蓉子が颯の行動に文句をいわず、やりたいようにさせてくれたことは、颯にはありがたかった。後年、香が「ママは何と言っても〝上げまん〟だからね」というようになったが、確かに、蓉子を妻に迎えてからの颯の人生は完全に上げ潮期に入ったといっても過言ではない。

香は一九八四年めじろ台駅の近くの「京王産婦人科」で生まれた。

蓉子は退院すると颯の父母の家に直行した。一階の南向きの前に小さな庭のある部屋が蓉子に与えられた。母親は既に七十六歳になっていたが、元気だった。赤ちゃんの肌着やオムツの洗濯等の雑用から、食事の面倒まで行き届いた世話をしてくれた。

蓉子の方は徐々に体調を恢復していったが、同時に愚痴が酷くなった。「自分はこの子を育てる自信がない」「大阪の兄が貰ってくれないかな」とまで言った。颯はこの時「産後鬱」という病気があることを知り、蓉子はこの病気なのだと理解した。蓉子の顔面から精気が失せ、蒼白な顔になっていった。

颯は兄の哲に相談しこの病気の基礎知識を教えて貰うとともに、鬱病関連の書物なども読んで、彼女が鬱病に罹患していると確信するに至った。兄の哲に相談し蓉子は東大病院で診てもらうことにした。

東大病院では、やや年長の医師と若い医師の二人が担当医となって対応してくれた。年長の医師は颯だけを別室に呼び、鬱病がどんな病気であり、夫としてどのような態度で臨むべきか懇切に指導してくれた。「時間はかかりますが、この病気は必ず治ります」との言葉は心強かった。精神科を専攻する医師は患者やその家族の不安や心理についても深い理解をもっていると感じた。以後、毎月一度彼女を連れて東大病院に通った。

いつまでも母の世話になることもできないし、蓉子も少しずつ落ち着いてきたので、十日程で自宅に一端引きあげた。ただ蓉子の容態は必ずしも恢復の兆しをみせなかったので、蓉子は朝の食事をすますと、子どもを連れて父母の家に行き、夕食を済ませて帰ってくるようになった。もちろん医師に言われた通り薬を飲ませ、颯自身も医師の指導を遵守して過ごした。そのため少しずつではあるが、快方に向かっていった。

医師から「もう大丈夫でしょう。毎月来院の必要はありません」といわれるのに二年半かかった。蓉子も当初に較べれば随分恢復し、愚痴も激減し表情も明るさを見せる時があったが、顔に本来の精気と笑顔はすぐには蘇《よみがえ》らなかった。

ある時、蓉子は「私はあなたに迷惑ばかりかけて何の役にも立っていないので、申し訳ないと思っています。あなたが離婚したいと言うのであれば、自分としては離婚も仕方ないと思うので、はっきり言って下さい」と言った。

颯は彼女が苦しんでいることは十分察していた。また担当医師の指導してくれた通り彼女を非難したこともなく、励ますこともなかった。鬱病患者を励ますことは厳禁されている。その日の気分や体調を訊ねることはあったが、可能な限り愛情をもって接してきた。それに妻が病気になったから離婚するなど、あり得ないことである。従って、「何を馬鹿なことを言っているのだ。あなたも当初の頃に較べると、随分快方に向かっているし、東大の先生も必ず恢復すると太鼓判を押してくれたではないか。詰まらないことを考えずに、毎日を楽しく過ごすように努力していれば、必ず恢復する」と応じた。ただ、彼女の内面の苦しみは十分に伝わったので、気の毒に思い涙が滲んだものである。

信一が生まれた後、香が生まれるまでの四年間、颯は信一を滅茶苦茶可愛がっていた。しかし、香が生まれた後、病気のせいとはいえ、蓉子はほとんど香を抱こうともしなかった。蓉子は「大阪の兄が貰ってくれないかしら」と繰り返した。言うだけで何一つ行動を起こしたことはないが、颯は怒りを抑えてこの言葉を無視し続けた。祖母も香を可愛がってくれたが、母の蓉子が抱っこもしてくれない以上、父親の自分が蓉子の分まで可愛がらなければならないという思いが強くあった。おそらく信一の側から見ると、父の態度の豹変は理解できなかったかも知れない。もちろん信一も従来どおり可愛がり遊ぶ時間もとったけれども、どうしても母が抱っこしてくれない香の寂しさに眼が行ってしまう。いつも、心では信一に謝りながら香の相手をするのだった。

香がハイハイをし、やがて歩けるようになるまで、祖母は筆舌に尽くし難い程親身に世話を焼いてくれた。香がなんとか歩けるようになり、片言のお喋りもできるようになると、香は朝五時過ぎ頃に目覚めると、一人で襖をあけ「パパア」と叫びながら颯の書斎にトコトコと歩いてくる。毎日のことなので、颯は部屋のドアを開けっ放しにしておく。彼女はパパを目掛けて必死に奔《はし》っている積りなのである。その可愛さは天使であった。

颯はすぐに香を抱き上げて机の上に座らせ、頬っぺたに何回もキスをしながら語りかける。語るといっても「目が覚めましたか」とか「よく眠れましたか」「今朝はまた可愛いね」という程度のものである。香はパパを見つめて言葉にならない何かを喋る、筋の通った話はできないので、何かを訴えるというのが正しいであろう。颯は香を膝の上に座らせ、ワープロ専用機（パソコンはまだ市販されていなかった）に香の指を導いて、「パパ」とか「かおる」と名前を書かせたりした。キーボードを押すと画面に字がでてくるので、香にはそれが面白くて仕方ないようだった。

香は天使のように可愛かった。その無垢な笑顔は永遠に忘れることはない。暫らく香の相手をした後、母親や信一の寝ている寝室に抱っこして行って、香が寝るまで隣に添寝する。

颯の素人考えによれば、鬱病の本質はエネルギー喪失病というに尽きる。傍からは怠け病に見えるので、明治時代まではひたすら眠らせていたという。口を開けば、自分には「自信がない」「自分にはできない」「何もする気になれない」と訴える。しかし、理性が破壊されているのではない。何とかこの境地から抜け出したいとあがいているが故に、愚痴が繰り返されるのである。理知的な、あるいは合理的な会話はできない感じがするが、合理的な筋道の事柄を自ら遣り通す自信がないだけなのである。

意志はあっても自信がないと物事を完遂させることはできない。自信が自分の中に存在しないのだから、他人が励ましても空振りにしかならない。励ますことは自信の不存在を強く意識させるだけになって何ら良い結果を齎さない。非難はますます自信喪失を強めることになる。

周りの人間は病気の本質を理解することが大切である。ずっと理解と愛情をもって相手を信じてあげれば、健全な理性がいずれ必ず戻り、何かやってみるエネルギーが出てくる。神経を使わなければならないのは、今はその過程にあることを認識し優しく見守ることだけである。人は愛されていることを自覚すると、少しずつ自信が出てくるものである。

朝から子どもを連れて祖父母の家に行っていた頃、実質的には祖母が彼女の愚痴を聞き話し相手になってくれていた。この病気の特徴は口を開くと愚痴、それも同じ内容の愚痴が繰り返されることである。これに耐えるのは常人には難事である。病気であることを理解し、愚痴は理性が健全性を取り戻すための悲鳴だと心得て、我慢強く慈愛に満ちた態度で接する他ない。

　祖母が健康で肉体的にも元気で子ども好きであり、他人に対して常に愛情をもって接していたことなどの条件が揃っていたからこそ、蓉子も時間とともにこの難事を少しずつ克服することができたのだった。颯も苦しかったが、祖父母の親身の協力もあり、蓉子は徐々に回復し日常生活が普通にできるようになった。

第八章 決断

　美紫緒の顔は小さく睫毛は長い。目はやや切れ長の二重瞼で優しい光を放っていた。形のよい鼻、唇は厚からず薄からず引き締まっていて、笑うと透明感のある白い歯が零れた。光沢のある黒髪は色白の肌を際立たせていた。お嬢様育ちであったが、四十歳を過ぎた今でも、伸びやかな性格は少しも癖がなく、何事につけ心して目立たないようにしていた。恥じらいに満ちた謙虚で真面目で素朴な性格から、清艶な爽やかさと気品が滲じみ出ていた。およそ偏見のない人柄で何事につけ真っすぐものを見る。ファッションについても派手好みではないが、時代の流れには敏感であり、どんな色であれ見事に着こなしたので細身でスタイリッシュな体躯によく似合い、品の良い美しさがあった。

　彼女の明晰な頭脳や冷静な判断力を知ると、社会的にその能力を用いないのが惜しまれるが、親をはじめ誰も仕事を持てとか、一つのことを窮めた方がいいなどのアドバイスをしなかった。まだ女性の才能を生かすことが求められる時代ではなかったせいもあるが、彼女自身、当時の女子の主流であった専業主婦になることに疑問を持たなかった。

美紫緒は憲一を好きになって結婚した訳ではなく、客観的条件にマイナス点が少なかったので結婚したに過ぎない。しかし、夫はこれまで彼女の真剣な悩みに寄り添ってともに考えることもなく、美紫緒に対して心のこもった愛情の表現を示したこともない。思えば、潤いのない結婚生活を淡々と過ごしてきた。

初夜のベッドで涙を流しながら、初めてプロポーズしてくれた若い日の颯を思い、どうしてあの時もう少し突っ込んで話し合わなかったのかと悔やんだ。美紫緒が「私は結婚してあなたを支えたいのよ。どんな苦労でも喜んで引き受けるわ」といえば、彼は「身を引く」という決断を翻《ひるがえ》したであろう。あの頃は会う度に彼への理解が深まり、愛情が溢れだすのを感じた。彼が求めれば身体も許したし、彼が「あと三年待ってくれ」といえば待った。「あなたを支えるために働いてもいい」といえば、彼はどんなに感激してくれただろうか。

若い日の颯の学問や社会に対する姿勢に深い魅力を感じた。美紫緒はこの人とならば二人で困難を乗り越え、人生を切り拓く面白さを味わえるのではないかと思った。それなのに、どうして彼の「身を引く」という提案をあっさり受け入れてしまったのか。彼女もまた長い間後悔しながら生きてきたのであった。

颯には学問に打ち込み、優れた学者になるという情熱が身体から迸《ほとばし》っていた。美紫緒は彼が見つけた道を邪魔してはいけないと思った。彼は美紫緒を深く愛するが故に「身を引く」のであって、「あなたを諦めるのではない。ずっと愛し続ける」と言った。二十一年後に貰った手紙は、それが本当だったことを示している。

二十一年ぶりの再会は、感激に満ちたものだった。彼は巧みに話題をリードしてくれるし、自分の考え付かない角度からいろいろなことを語ってくれた。この間、彼が必死に勉強し、幅広い知識と良識を身に着けていることを強く感じた。そのうえ、自分への愛情は若い頃以上に厚く優しく心の奥まで届くような不思議な力をもっていた。だから一緒に居るだけで心は解放され、安心して語り合えた。美紫緒は今も颯を愛していると自覚せざるを得なかった。颯は頭も身体も若い。既にかなり禿の進んでいる夫と違って豊かで艶やかな漆黒の髪は美しく、顔の肌艶は張りがあって輝いていた。

美紫緒は「新しい恋」が始まったと思っていた。颯は自信に満ちていたが、若い時のように自信が前面にでていず、努力と実力に裏打ちされた知識と知性に溢れていた。何でも知っているし、分かりやすい言葉で、世界のことも日本のこともきれいに整理して話をしてくれる。

颯は博士論文を書き終わると、なぜか美紫緒が頭の中に現れるようになった。切っ掛けといえるものは何もない。博士号取得の喜びが美紫緒に知らせたいという欲望を目覚めさせた。二十一年前、颯は自分の美紫緒への愛情を「身を引く」という形で示すほか手立てがないと考えたが、あの時の決断は彼の底の浅い美学に過ぎず、全く愚かであった。どうして彼女を幸せにできるのは自分しかいないと考えなかったのか。若すぎて未熟だったとしか言いようがない。

あれから二十一年の歳月が流れた。にもかかわらず、美紫緒への恋心は消えることなく、より純化した形で颯の魂にしっかり根付いていた。彼女への手紙を書き始めると、美紫緒への気持ちが沸々と蘇り、若い日に無理やり押さえつけてきた彼女への愛が噴き出してきた。

颯は手紙で「新宿での約束は永遠に有効である」といい、再会した折、美紫緒の「美高さんの目的は何？」との問いに「あなたと一緒に暮らすことだ」と正直に答えた。しかし、何時から一緒に暮らすのか、いつからやり直すのかについて、二人とも具体的に話し合ったことはない。ただお互いに子どものことを優先しようという合意はできていた。少なくとも大学を出すまでは親の責任であるという点でも意見は一致していたが、三人の子どもに年齢の違いがあるため、明確な年月日を決めることができなかった。

結ばれてから後の二人は、まるで夢のような日々を過ごした。

颯にとって、美紫緒は初めて会ったときから「詩」であり、「憧れ」であり、志の「原点」であった。美紫緒が「寝てもいいわよ」と言った時も、すぐにこれに応じなかった。颯にとって彼女と「寝る」ことが目的ではなかったからである。男女が愛し合えば、「寝る」ことになるのは自然であろう。しかし、「寝る」ことで欲望は満たされるかもしれないが、何かが本質的に解決することはない。颯にとって美紫緒は単なる欲望の対象ではなく、欲望を遥かに超えた存在、「愛する対象」であり「尽くしたい対象」であり、一緒に居ることで喜びに包まれる「稀有な存在」であった。

自らプロポーズした妻がいて、愛する二人の子どもがいる。それなのに青春時代の「永遠の約束」を果たさなければならない。颯は矛盾撞着も甚だしい迷路の中に居た。狂おしい美紫緒への愛の希求の中で、研究者として日々問題意識を磨き、その肉付けのために必死に勉強する「努力」を続けていた。毎日机に向って勉強しないと落ち着かなかった。目前の課題に集中していれば、その間は迷いから逃れられる。

法律学の学会は、東京と関西で毎年交互に行われるため関西に行く機会は多い。二人は京都で会うことが多かったが、デートの計画はすべて美紫緒が立てた。名所旧跡、美味しい食べ物の店などよく調べ上げ、その計画にはいつも感心させられた。現在であれば、インターネットでいろいろなことを容易に調べることができるが、当時インターネットはまだ発達していなかった。

颯は美紫緒と再会して半年間も身体を求めなかったが、結ばれた後は会えば原則として五回ルールを遵守した。彼女に「まだ開発の余地がある」と言った以上、颯には彼女に残された未開発部分を自らの手で開発してみせる必要があった。一般的に性の回数は多ければいいというものではないが、女性は長時間、何回も悦びの中に身を任せていると、時と場所の感覚が瞬時消え「私どうなっているの」という言葉が出てきたりする。彼女にとっては性の悦びの海に浸る初めての経験であった。

二人はセックスしながらよく喋るが、彼女が頂点に至りそうになると、「黙って！」といって自分の世界に沈む。終わって「ああよかったわ」という。

正常位を何度も続けていると、硬いシーツのせいで膝の内側の皮膚が傷つき血漿が滲み出てきて痛む。そういう時は颯の方から騎乗位を求めた。その時の彼女の恥ずかしがり方はとても愛らしく魅力的だった。性行為を恥ずかしがるのは、彼女の純朴な感性を示すものであった。何がそんなに恥ずかしいのだろう。きっと彼女の中には女は受身であるべきだとの概念があるせいであろう。自分から求めるのは慎みがないという古風な考え方が、攻める姿勢である騎乗位を恥ずかしく感じさせるのである。恥ずかしがり屋ながら、それなりに快感を求めて腰をくねらせていることは確かであり、それが堪らなく艶冶《えんや》に思える。

ロレンスの『チャタレイ夫人の恋人』に「おまえは名器じゃないか」の表現がある。「名器」の語が気になったので英語の原文にあたってみたら《good cunt》とある。名器の描写としては物足りない。

美紫緒と結ばれて暫らくたった後、彼女の躯は確実に変化した。会うたびに集中的にセックスを繰り返すので自然に変わったのである。彼女は颯のモノが彼女のモノに触れると、自然にこれを吸い込むようになった。二人の肉体が相互にフィットしていることは疑いがなかったが、どう考えてもそれだけではない。彼女の性の中核が命を持ち始めたのである。吸い込んだあとは、これを強くあるいは弱く緊縮する。女性の性器は不随意筋だと思っていたが、彼女のそれは今や随意筋であって柔らかく締め付けることができる。その快感は譬えようがない。

颯は「あなたの未開発部分は見事に開花した」といい、分かりやすく丁寧に説明した。『チャタレイ夫人の恋人』の記述には具体性がなく漠然としているが、「あなたこそ名器の持ち主だ」といった。彼女は恥ずかしそうに、しかし褒められて嬉しそうでもあった。これまでも何人かの女性が瞬間的な収縮力を示すことはあったが、美紫緒の場合はもはや無意識の偶然がもたらす作用ではない。彼女は随意に収縮したり緩めたりすることができるのである。二人の努力の成果だと確信した。やはり美紫緒に先天的な能力が備わっていたと言わなければならない。

美紫緒は、夫とは激しく濃厚なセックスはしたことがないと言っていた。実は颯と関係ができてから、美紫緒は夫とのセックスを拒否していた。「お腹が痛いからできない」と断っていた。颯は本当に心配してどのあたりがいつも痛むのか訊ね、そこに右手を拡げて温め、「手当というのは手を当てると治るという意味だよね。特に僕の手はあなたへの愛情に満ち満ちているから、痛みは愛情で癒えるはずだ」と言った。

「確かにあなたの掌の温かさで今痛みはまったく感じないわ。不思議ね」と言った。

「お腹の痛みが続くのであれば、修一君に相談して京都大学病院で診てもらうのがいい」と言ったが、夫が求めてくるとお腹が痛むのであれば、明らかに精神的な作用の影響であろう。

美紫緒は結婚以来、ずっと宝塚に住んできた。夫はエンジニアとして工場に勤務していたので転勤はなかった。ところが、五十代になって急に山口市に転勤が決まった。栄転したのだと思ったが、美紫緒は夫の仕事の内容についても転勤の理由についても何も知らないという。彼女は山口市に同道する気はなかったので、話がでた時点で「自分は行かない」とはっきり宣言していた。宝塚の家には、修一も京都から時々帰って来るので世話もしなければならないし、自分まで山口に行ってしまって長期に家を空けておくのはデメリットが多すぎるという理由からである。

しかし、彼女の本音は別の処にあった。知らない土地に夫と同行して、たいして面白い会話もない彼に付き合うことは、もはや耐えられないという止み難い感情からであった。この間、夫婦間でどのような会話がなされたか、颯は敢えて何も訊ねなかった。美紫緒が同行しないと決めただけで満足だったからである。

結果的に彼女の自由時間が増したことは言うまでもない。外泊も自由になったし、東京にでかけても、誰もこれを咎めるものはいない。実際、彼女は東京に何度もきた。宿泊場所は颯の都合に合わせて、帝国ホテル、ホテルニューオータニ等であった。

夫が転勤した後、美紫緒は一度宝塚の自宅に颯を招待してくれた。夕暮れ時であったが、宝塚の家は大阪湾を一望に見渡せる絶景の地であった。芝生の庭も美しく刈り込まれ、どの部屋も見事に整頓されている。彼女は部屋の中をいろいろ説明してくれた。美紫緒は結婚する時、百万円もする大きな丸いテーブルを熊本から持ってきたが、そのテーブルを大層気に入った颯が「離婚する時は、我々の新居にもってきてもらいたいな」と言うと、美紫緒は「もちろんそうするわ」と笑顔で答えた。さすがに寝室は見せてくれなかったが、それは彼女の良識の表れであるから、颯も見せて欲しいとは言わなかった。

いずれにせよ、自宅への招待は画期的な決断だったといえよう。彼女の生活している空間を見せておきたいという彼女の気持ちは、颯に対する強い信頼を前提とするものである。颯はとても嬉しかった。

ところで、新宿西口から新宿公園に向かう道路の両サイドは、東京で最初の高層ビル街である。二人で歩いている時、京王プラザホテルの前あたりで、彼女は「私は夫に殴られることは覚悟している」と言った。颯の記憶に深く刻まれたのは、彼女の断固たる決意が表情にも言葉にも表れていたからである。「私はあなたと一緒に残りの人生を歩くことに決めたのだから」という意志が明確に込められた言葉であった。彼女の表情の美しさを颯は生涯忘れない。

まだ《ウィンドウズ９５》の発売前であったため、美紫緒はパソコンメールではなく、ファックスで「今すぐあなたに会いたい、会って愛していると言って!! 電話でもいいからすぐにそういって。金曜日には必ず会いにきて！」と書いてきたことがあった。走り書きだが、彼女の感情が流麗な美しい文字に見事に表現されていた。

別の時、彼女は「私が初めて愛したのはあなたなの。夢中になるというのはこういうことをいうのね。朝から晩まであなたのことばかり考えている」と言った。思えば、最初に大阪のホテルニューオータニで会った時、「今日はわざわざ普段着できたのよ。お洒落をしてくると、あなたが自分を好きなんじゃないかと思わないとも限らないからよ。うふふ」と笑った美紫緒が、今は真逆なことを言っている。あなたに夢中だと。

この頃から、美紫緒は颯と会う時に香水をつけるようになった。「ああいい薫りだね」というと「気に入ってくれた?」と言った。香水などまったく知識のない颯であったが、彼女の香りは素晴らしいと思った。美紫緒にふさわしい、うっとりする高貴な匂いであった。香水を選ばせても、そのセンスは最高級だと感心した。これまで知り合った女性でかくも心を惹きつける香水をつけた人はいない。彼女の気持ちのいじらしさは颯の胸に深く刻まれた。

美紫緒は、東京にはよく考え抜いた服装をしてくる。二人であちこち歩くので、目立たないように心掛けていた。教え子の学生や同僚や他大学の知人など、どこでも出くわす可能性があったからである。しかし、近づいてよく見ると、上品な落ち着いた色と柄の高価な服だとよく分かる。こういう控えめな心遣いは彼女の精神の奥ゆかしさや清らかさを示すものであり、颯は美紫緒のそういう所が堪らなく好きだった。

美紫緒は「是非あなたの講義を聴いてみたい」と何度か言った。そこで約二十年以上非常勤をしている津田塾大の「行政法」の講義を聴いて貰うことにした。少数の主婦たちが講義に出席していることを伝え、傍から見て何の違和感もないことを教えておいた。

近年の文科省の政策で「社会人入試」が奨励されるようになった。一般入試とは別に、社会人の枠を設けて比較的簡単な試験で合格させるが、一般入試の学生と同様に講義を受け、単位も取ることができる。したがって、最近はキャンパスの中に学生とは思えない年齢の小母さんが結構うろうろしている。

颯の講義は人気が高く、津田塾大の小平キャンパスの奥にある一番大きい教室が溢れる程の聴講者がいた。司法試験や公務員試験に有利だからという訳でもないだろうに、最大の人気講義だった。

どこの大学でも年に一度非常勤講師も含めて学部の懇親会をやるが、津田塾大学では吉祥寺でされる。最初の年に他の教授たちの雰囲気も知っておきたいと思って参加したのであるが、他の教授たちから「どうしてそんなに人気があるのか教えて欲しい」と言われた。

思うに、非常勤講師の仕事は専任教授に較べて気楽である。早稲田の場合は、行政法が必須科目である司法試験や公務員キャリア試験を受ける人がかなりいる。基礎知識はもちろんのこと、新しい最高裁判例などは必ず紹介するようにしていた。

津田塾大の場合、学生は優秀だが司法試験を受けるとか公務員でキャリアを目指すという人はほとんどいない。だから気楽に話ができる。雑談や通説批判、時には文学の話など横道に逸れても皆楽しそうに聞いてくれる。そういう気楽さが学生に面白いと思われるのではないかと思っていた。

美紫緒は大きな教室の多少後ろの方の席に陣取り、ノートをとりながら真面目に聴いていた。終わった後、美紫緒と二人で鷹の台駅の近くの喫茶店にはいり、コーヒーとケーキを注文したが、颯にとって大きな喜びであった。美紫緒が講義の中身に何を感じたかは敢えて訊ねなかった。非常勤だからといって、気持ちを緩めることはないが、彼女が教室に座って講義を聴いてくれるだけで颯は最高に幸せだった。

青山学院大学で行なわれた比較法学会での颯の報告を聞きに来てくれたこともある。この日は「アメリカにおける行政手続」の題で四十分報告をした。美紫緒は紺のシックなスーツに髪は夜会巻であった。美紫緒は頭の形がとてもいいので、夜会巻が見事にフィットしてとても似合っていた。美しく理知的で大学の美人教授として通用する容姿であった。颯は惚れ惚れしながら彼女を見つめ、見つめながら話をした。ちらちら見たのではない。誰も彼が見つめている相手が彼の理想の女性とは気付かなかったであろう。

颯は美紫緒に自著の教科書や本、論文なども送っていた。特に博士論文の概要などは、相当の頁数になったが、彼女は真剣に読んでいた。それでも彼女は颯がどういう問題意識をもって講義をしているのか、それを学生や学者はどんな顔をして聴いているのか知りたかったのである。読むのと聴くのでは印象は大きく違う。彼はここでも特に感想を求めなかった。お世辞を言ってもらいたい訳ではないし、彼女の関心のありかは分かっていたので、参加して清聴してくれただけで十分だった。


修一は、一九九七年三月京都大学医学部を卒業し、大阪市内の大きな病院に消化器外科医として勤務するようになった。ある日、美紫緒は修一から結婚しようと思っている相手がいるから一度会ってくれと言われた。突然のことで驚いたが、会うことになった。美紫緒は息子に恋人ができたこと自体は嬉しく思った。

話を聞いてみると、相手の女性は修一が勤務する病院の看護師であった。兄弟姉妹も皆高卒で仕事をしているということであった。美紫緒はもともと差別感のある人ではない。自分の父の病院にも看護師はたくさんいたし、親切で優しくて魅力的な女性がいることも良く知っていた。

ＪＲ大阪駅前のヒルトンホテルで会うことになった。

三人は四人掛けの椅子のあるテーブルに着いたが、美紫緒が気に入らなかったのは義理の母親になるべき人との初対面であるにもかかわらず、きちんと礼儀に適った挨拶もできなかったことである。その女性は修一の隣に座り、息子の左腕に自分の胸を押し当て身体を摺り寄せて座った。もうこの男は私のものよという態度であって、自分たちはもはや離れられない関係にあると言わんばかりに修一にべた付き、言葉遣いも態度も下品極まりなかった。恋人の母親と初対面の際にとるべき態度ではない。もう男女関係はできているようであったが、修一が相手の女性にリードされて関係を持ったのだと思った。

この女性はどの角度から考えても息子には相応しくないと思った。語彙も貧弱で図太い神経というよりも、結婚前の女性のもつ謙虚さや女性らしい心遣いや知性の片鱗も感じられず、育ちの悪さだけが目立った。一体修一はこの女性のどこに惹かれたのか、まったく理解できなかった。

美紫緒は帰宅して、夫にヒルトンで修一の恋人と会ったことを詳細に報告した。ところが、憲一はその昔、美紫緒が修一を塾に行かせるべきかどうか悩み、相談した時と全く同じ態度であった。今回も美紫緒の落胆や驚きと怒りに同調することもなく、ただ黙っていた。賛成とも反対とも言わない。何一つ質問もしなければ、より詳しく説明を求めることもしない。この態度は妻への裏切りであるとともに息子への裏切りでもある。

一体何のための家族であり、何のための親子なのか。夫の態度に合理的な根拠を見つけ出すことができなった。彼女は夫に相談しても何の足しにもならないことを再度思い知らされただけであった。

彼女は颯に電話をしたが、颯はすぐに大阪まで出てきて詳しく話を聞いた。颯は美紫緒の怒りをよく理解し全面的に同調し、急いで対策を講じるべきだと言った。妊娠などしては面倒になると。美紫緒は「修一がこの女と結婚するというのであれば親子の縁を切る」と息巻いた。こんなに強い言葉を吐いた美紫緒を初めて見た。「おカネを使ってもいいから、別れさせたい。どうすればいいの」といった。

颯は「カネなど使う必要はない。僕が別れさせてみせる」と言った。

颯は修一が大学に入学した時に美紫緒の紹介で会い、その後も京都や大阪で美紫緒と三人で何度も会っていた。メールのやり取りをすることもあり、彼の性格もある程度理解していた。

若い時には誰しも「セックスしたい」欲望に襲われる。そういう時期に女性から誘われれば、前後の見境なく抱いてしまうのも致し方ない。颯も修一が自分から惚れて口説いたのではなく、言い寄られて関係したのだと思った。何度か彼女と関係を続けている内に、彼女の求めるままに、母親に結婚のことを口にしたに過ぎなかった。絡みついてきた彼女の意図を読み、妻にふさわしい女性かどうか判断するには、余りに人生および女性経験不足であった。むしろ早い段階で母親に結婚を口にしたのは幸いだったともいえる。

修一は賢い男であるから、颯が彼の悟性を適切に刺激すれば必ず見えないものが見えてくるに違いない。そうなれば、自ら別れるに決まっていると考えていた。

修一はハンサムで頭もよく、正義感と優しさを併せ持つ青年である。何もかも揃っているのに、自分の真の価値をよく分かっていない。中学高校と男子校で思春期を過ごしたせいもあるのかも知れないが、女性との接し方についても、正直さが前面にでて女性を客観的に観察し分析する能力は不十分であった。女性の心裡を読み取ったり、自分の気持ちを表現したりする技術も未熟であった。だから意図をもって攻めてくる女性に簡単に引っ掛かってしまったのである。

結婚してもいいと思って母親に会わせた経緯は、単に相手が求めたからというにすぎず、修一自身彼女がどんな女性でどんな魅力があるか、よく分かっていなかった。従って、彼女の何に惚れたのかさえ母親に明確に伝えることができなかった。ましてや彼女と自分の両親との関係については、全く考えが及ばなかった。

颯の見るところ、修一に彼女との結婚について熟慮した形跡はなく、結婚してもいいという判断の構造は単純で浅はかであるように思われた。従って、颯は別れさせることは難しくないと思った。修一の彼女への本物の愛情は無いに等しいと思われたからである。男女間は関係ができれば自然に愛情が生まれるという程単純なものでは無い。関係が長く続けば、「情」は生まれるかもしれないが、「情」と「愛」は全く別物である。結果的に彼は別れた。

修一の結婚問題は、余波の方が大きかった。

美紫緒には、最愛の息子の結婚問題に何の関心も示さない憲一が全く理解できなかった。それだけではなく、夫の態度がつくづく嫌になってしまった。熊本の母にも電話でことの顛末を話し、いつものように夫への不満を長々と述べた。母親は美紫緒が今度ばかりは離婚を決心するのではないかと恐れ、いつものように「ガードマンだと思って我慢しなさい」と諭す他なかった。母親のこの発言は美紫緒が夫に愛想が尽きたと言う度に、何度も繰り返された。大正生まれの光沢には、一度結婚した以上離婚すべきではないとの旧い観念が根を張っていた。美紫緒は憲一が何を考えているのか分からないというよりも、この人は何も考える能力がないと判断せざるを得なかった。

父と息子の不仲が際立って表面化したのは、修一が大学に入ってからである。美紫緒には、その原因がよく分からなかった。憲一は元来子どもとの接し方が分からない人で、幼い頃から彼が子供と遊ぶとか可愛くて仕方がないといったことがなかった。息子が大人になって、父親と何か根本的なことで具体的に激しく対立したことはなく、父親が具体的な問題で修一を批判したこともない。しかし、息子の結婚問題への無関心は異常であり、息子を愛していないとしか思えない。

美紫緒は「私が修一を愛しすぎるのが気に入らないのかもしれない」と言ったことがある。母親が子どもを愛するのは、太古の昔から女性の普遍的な原理であり、仮にそれが気に入らないのであれば、結婚し子どもを作る資格はないという他ない。

美紫緒は修一に対する愛情について、夫婦の間に共通の基盤がないことを改めて認識し、呆れると共に精神的に疲れ果て、もはやこれ以上結婚生活を続ける意味はない、夫と別れたいと思って家を出ることを決意し、二〇〇二年十一月に東京に来た。

美紫緒の四歳下の妹が三鷹に住んでいた。妹の夫は熊本大学医学部を卒業後、有名なエイズ研究者になった。美紫緒は妹にもこの間の事情を話し、修一の結婚問題は自分にとっては重要な問題であり、相手の女に子どもができたりしたら、絶望であり死んだ方がいいと思うくらいだと言った。これまで夫には我慢に我慢を重ねてきたが、もう限界を超えた。自分は別れる積りで家出したのだと言った。妹は心から同情し一緒にアパート探しを手伝ってくれ、武蔵境駅の近くに1DKのアパートを借りた。

修一は大阪の病院に勤務した時代に東京の国立病院のレジデントに応募して採用された。研修期間を終えて大阪に帰った後、病院からオファーを受け正式の職員になった。美紫緒にとっては息子にもすぐ会えるし、六甲の五百坪の敷地に感性の鈍い夫と住むよりも、東京の方がずっと生きる喜びを感じた。

美紫緒の家出の決断は、もはや夫とは暮らしていけないと思ったからであったが、気持ちの中心にあったのは息子の近くに住むことで、何かと彼を手助けし、大学に入る前までのように修一と心の籠った交流がしたいということであった。このことは、美紫緒が息子に出した次の手紙によく示されている。

修一様

東京に来て三カ月目に入ろうとしていますが、最近は落ち着いて穏やかな気持ちでいろいろなことを考えることができるようになりました。今日は、そのことを少し書いてみようと思います。

東京での生活の大きな目的の一つは、修一の近くに住んで、会って話せる機会を持ちたいというものでした。お母さんにとって、修一は長い間、人生の目的といってもいい存在でした。愛する唯一の対象といってもよかったのです。

しかし、ここ数年の間、うまくコミュニケーションがとれず、そのことで心から苦しんできました。自分なりにはいろいろ考えてきたつもりですが、問題の本質を掴みきれないまま大したこともできずに今日まできてしまいました。

修一の結婚問題がおきて、修一の大切なこれからの人生を想像したときに、私は自然に家を出ようと決心していました。誰から示唆された訳でもなく、ただ直感的にこの機会に家をでて修一の近くに住み、お互いに澄み切った気持ちで語り合えるようになりたいと思ったのです。あなたからは、思ってもみないきつい言葉も浴びせられましたが、自分としては、これまでの修一の心の苦しみにできるだけ近づいて、これまで気づかなかったことを発見し、新しく人生をやり直す気持ちでした。この間の気持ちの変化を書き尽くすことはできませんが、全く後悔はしていません。それどころか、宝塚や六甲で傷んでいたお腹の痛みが消えたことが示すように、確実に一つの悩みから解放されました。本当に良かったと思っています。

お父さんに対しては、気の毒な感じもします。しかし、この間お父さんが自分の人生にとって不可欠な人でないことが、はっきり分かってきたのも事実です。お父さんだって、少しずつそのことの意味が分かってくるのではないでしょうか。これまでどうにか理解しあいたいと努力もしてきた積りですが、どうしても理解できない部分が残ることも確かなことです。とりわけ修一に対する親としての思いを共有できないことを悲しく感じています。

昔は、夫婦はひとつの単位のように、ひとつのまとまりとして考えていました。だからお互いの違いにも敏感に反応もしていましたし、どうにか理解しあいたいと努力もしてきました。けれども現在は、修一との関係においても、お父さん、お母さんは一人一人別々なのだと思っています。

修一も二十九歳になり、お母さんも子供のときのように修一に頬ずりするような愛情を示したい訳ではありません。修一には修一の生き方があり人生があることはよく承知しています。そのためにも、私は私なりの自立した生活を確立したいと考えています。そうした意味で、修一の人生や生き方を尊重し邪魔にならないようにしたいと思っています。ただ、お母さんにはお母さんなりの精神的苦労もあるのですから、たまには、愚痴を聞いてくれたり相談相手になってもらえたりしたらいいなと願っています。たまには修一の方からも、仕事のこと、出会った人のことなどを率直に聞かせてもらえたら嬉しいな、と思っています。

そして、これからの修一の人生とお母さんの生活も、別々の違ったものであることは当然のことです……それを踏まえた上で、修一がふさわしいお似合いのパートナーと、早く出会えるよう願っています。

みしお

二〇〇三年二月五日

文面から分かるように、この手紙は修一が大阪の看護師と別れたことを確認した後に書かれたものである。

修一が大学入学とともに京都に住むようになった後も、美紫緒と修一との関係は良好であった。美紫緒は時々彼のマンションを訪ねては、部屋を片付けたり必要な下着をもって行ったり、新しいズボンやジャケットを買って行ったりしていた。修一は放っておくと何カ月も同じズボンを履いているといった具合で、お洒落に気を遣わない。だから時々、母親が気を遣って新品を買って行かなければならなかった。

修一は母親の心遣いにさして感謝の意を示すこともなく、むしろ次第に厳しい言葉を浴びせるようになった。美紫緒はなぜ自分に対して批判的な言葉を浴びせるのか、すぐには理解できなかったが、やがて「修一は私が夫と離婚することを望んでいるのだ」と確信するに至った。そう考えると、すべての辻褄があうのである。修一は両親のお見合いの経緯についても、新婚旅行の初夜の事件についても何も知らないが、母親が父親を愛していないことは早くから見抜いていた。

修一は母が父を愛していないことを非難したことはない。修一は母親が離婚することに反対するどころか、むしろ明らかに離婚を望んでいると思われた。また大学入学後、母は修一に颯を紹介し、何度か三人で食事をしたり、新しく出来た大阪のホテルまで出かけて、喫茶店で話をしたりしたが、やがて彼は母親が美高に愛情をもっていることを悟った。ある時「お母さんは美高さんのいうことなら何でも聞くよね」と言った。美紫緒は内面を見透かされて赤面する思いだった。

美紫緒の家出は、夫とは別れた方が息子のためにもいいとの判断が前提になっていた。家出の「目的の一つ」は、修一の近くに住んで、会って話す機会を持ちたいことにあった。今一つの「目的」は、手紙には書かなかったが、彼女の《恋の成就》であった。これを機会に家を出て、颯と一緒に新しい人生を切り開きたいと思ったのである。自分が東京に出て行けば、颯は放っておかないだろうと信じていた。

美紫緒は家をでる時、憲一に「書置き」を残してきた。颯はその原案をメールで読ませてもらったが、簡潔で見事な文章だった。「もうこれ以上、あなたとは暮らしていく自信がありません」とあり、「離婚」の言葉は使っていないが、実質的には離婚の覚悟の滲むものであった。

美紫緒は颯が短い期間で修一を看護師と別れさせてくれたことに感謝したが、颯は自分の手腕の結果だとは露ほども思っていなかった。修一の悟性が目覚めた結果であって、颯は修一の悟性を刺激した程度のことしかしていない。

二十一年ぶりの再会の折、美紫緒の「あなたの目的は何?」との質問に対して「あなたと一緒に暮らすことだ」と応え、「今度は初志を貫徹してみせる」とも言った。しかし、十年の節目が近づいてきたというのに、颯は一向に行動を起こそうとしない。美紫緒は九〇年代に入って何度かこの点に探りをいれるような問いかけをしてみた。問い方はあくまでも控えめな彼女らしい間接的なもので、「どうする積りですか」とか、「そろそろあなたも決心してよ」といった言葉は使わなかった。「間接的なもの言い」というのは、美紫緒の次の手紙のような表現のことである。

「私の気持ちを伝えていろいろ情報を入れてこれからのことを決めて行きたいと思っています。感情にかられず、欲望に駆られず(笑って!)どう生きるかということをしっかり考えなければいけないし、年齢を重ねてきたからこそできることもあるでしょう……そのために私も強くならなければならないと思っています」と。

颯はこの手紙が自分に行動を期待していることを読み取っていた。颯の決心に揺るぎはなかったが、二人の子供はまだ大学生であったため行動の切掛けを掴みかねていた。美紫緒は彼の気持ちに疑いをもつことはなかったが、心底では、そろそろ「行動を開始」して欲しいと望んでいた。家をでて独りで東京に住むことにしたのは、颯の行動を促す期待が込められていた。

美紫緒の夫に対する失望と忍耐は極点に達していた。夫婦関係も絶えて久しい。逆に颯に対してはありったけの愛情を見せた。彼女は父親の形見（鼈甲のカフスボタンとネクタイピン）を「あなたに貰って欲しい」と言ってくれた。颯は少なからず感激した。彼女のプレゼントした物は数えきれない程であるが、美紫緒がくれたものは全てが颯の宝物であって、颯が興味を示すと高価なものでも惜しみなく買ってきてくれた。バーバリーのマフラー、高価な時計、イタリー製の小銭入れなど書けば切りがない。美紫緒の溢れる愛情を感じないではいられないものばかりである。特に研究室で「私たち二人だけの専用よ」とにっこり笑ってロイヤルコペンハーゲンのコーヒーカップ二客をくれたことは忘れ難い。初対面の日の美紫緒宅の応接間での颯の言葉を忘れていなかったからである。

ところで、美紫緒は武蔵境の１ＤＫの木造アパートを出て、二人で住めるマンションを探していた。彼女は生まれた時から庭付き住宅に住んでいたせいか、マンションに多少幻想をもっていて、何度か「今度はマンションに住みたい」と言った。マンションにも高価なものから普通のものまである。少なくともこの時点では、「終の住まい」というよりも「とりあえずの住まい」の積りであった。

彼女は一人住まいの延長線上に颯との生活があると考えていた。このささやかな彼女の期待が、どんなに純粋な価値観に支えられていたか。少し触れておこう。

憲一の父親は会社を退職する前後から、息子夫婦に自分たちの住む六甲に移ってきて同居して欲しいと強く希望していた。父親は「家は美紫緒さんが好きなように作っていい」と言った。

父親に頭の上がらなかった憲一は、できれば両親の希望に添うようにしてやりたいと思っていたが、美紫緒は「修一が生まれ育ったこの家にはたくさんの思い出が詰まっている。そう簡単にこの家を離れることはできない」と言って動こうとしなかった。しかし、彼女の真意はいずれ颯と一緒になって家を出ていくのだから、自分の趣向で家を建てておいて近い将来に家を出ることはできないという点にあった。それに両親はまだ元気であり、健康状態に何の問題もなかった。どうして同居にこだわるのか、その理由も今ひとつ理解できなかった。

六甲の土地は三宮に行くには好都合だが、阪急の駅から遠くバスを利用しなければならない。美紫緒にとって、土地が広いことに何の魅力も感じなかった。宝塚の家は百坪とはいえ大阪湾を見下ろす丘の上にあり、梅田に行くにも便利だったし、二人で住むには広すぎる程であった。

しかし、憲一は美紫緒が承諾しない理由を父親に説得的に伝えることができなかった。そこで父親は住友林業と新築の契約を結び図面が出来上がった後、美紫緒を呼んで部屋割り等の意見を求めてきたが、彼女は特に自分の意向を反映する必要を感じなかった。既に頭金も支払い済みであり、彼女もこの段階で移転拒否を明言することはできなかった。修一も東京の国立病院に正式職員として採用され、宝塚の家に頻繁に帰ることもなくなったため事実上同意せざるを得なかった。もっとも、父親は新築家屋が成ってしばらくして亡くなり、母親も跡を追うようにして亡くなった。美紫緒は広い屋敷や新築家屋に何の思い入れも持てなかった。むしろ何を考えているか分からない夫と二人の生活に息詰まる気持ちが高まるだけであった。

そういう状況下で美紫緒は、固い決意をもって家出を決意し、東京の木造アパートを選んだのである。並みの人間にできることではない。中山家の莫大な財産には目もくれず、颯のような貧乏学者との愛に賭けようと決心したからである。颯は美紫緒の気持ちを深く理解し何としても彼女を幸せにしなければならないと思った。

美紫緒は夫との生活に決別し独りになれたので、颯と一緒に新宿の家電量販店で携帯電話とパソコンを買った。やっと自分のものとして使えることが嬉しかった。もちろん夫には新住所も電話番号も教えなかった。妹や息子にも夫から問い合わせがあっても教えないように頼んでおいたが、彼女の書置きを見て、憲一も住所や電話番号を無理に取得しようとはしなかった。ここで則《のり》を超えたら、離婚を言い渡されるのではないかと恐れていたからである。

彼女は「今後は自力で生活していく積りなので、夫との関係は一切断つ積り」だと言った。彼女は両親の計らいで結婚当初から熊本に賃貸用マンション一棟を所有し、生活するのに十分な収入があった。父の死後、億を超える相続財産を得ており、東京での生活に経済的不安は何もなかった。美紫緒の上京は離婚を含意したものであり、一人で自立した生活をすることで、颯の決断を促す目的をもっていた。

颯は時間が許す限り美紫緒に会い、彼女の部屋に泊まり食事を共にし、毎日電話もかけた。彼女の作る料理は美味しいし、お皿などの小物の趣味も素晴らしく、部屋も徐々に飾りつけされ小奇麗になっていく。颯は彼女のそういう美的センスを愛した。

ある朝、電話で「今日は快晴だし高尾山に登ろうか」と言ったら、明るい声で「さんせー！」と言った。颯には、その時の彼女の嬉しそうな声が忘れられない。高尾山は五九九メートルの山である。

ケーブルカーで中腹まで登ると、後は比較的平坦な坂道を頂上まで歩く。語り合いながら歩く美紫緒の嬉しそうな顔は美しかった。

「あなたは本当に親切な人ね。東京にきて本当によく分ったわ」

「親切なんてものではない。愛しているから当然のことをしているだけだよ」

別の時、彼女は言った。

「私と一緒になってあなたが損をすることなど何もないわよ」

「あなたのことを損得で考えたことはないけど、あなたと一緒になれるのなら、どんな損をしてもいいよ」

こんなに全てを愛せる素敵な女性はこの世にいない。何から何まで美紫緒と颯のリズムはぴたりと合う。一緒にいるだけで満たされる女性であった。恋とは一緒に居ると幸福感に満たされることなのである。


颯にとって、《恋と学問》は人生の目的といってよかった。美紫緒との青春をかけた約束は、颯の人格の核心に位置するものであり、これを果たせないならば、人生の目的の一つは未達成となり、美紫緒だけでなく自分の信念をさえ裏切ったことになる。

一九九五年、颯の父が八十八歳で亡くなり、八十七歳になった母は一人暮らしをせざるを得なくなった。年老いての一人暮らしは傍から見ても孤独なものである。

颯が会いに行くと、「今日は誰とも話をしていない。新聞は声を出して読むようにしている、NHKのテレビ体操を毎日している」という。いろいろ工夫して孤独を紛らわし健康維持に努めている姿には心打たれた。幸い母の甥や姪などがよく電話をかけてくれるので気が晴れるというが、これまで誰に対しても心から親切だった彼女の人徳の結果というべきであろう。部屋の掃除や入浴にはヘルパーの手を借りているが、食事は自分で作っていた。ただ九十歳を過ぎる頃から「夜が怖い」というようになった。一人暮らしの限界もはっきりしてきたので、施設への入所も検討したが、本人は高齢者施設に入る気はないという。まだ頭もしっかりしているので、颯も施設に入れるには忍びなく、できれば同居したいと思った。

かねて颯は自分が最も母の世話になったと自覚していたので、老後の母の面倒は自分が引き受けようと考えていた。二人の子供たちは祖母との同居に大賛成であった。

そこで蓉子に同居してくれるように頼んだ。ところが、驚いたことに、蓉子は「同居はできない」とはっきり断った。颯はこの答に一瞬耳を疑った。母から受けた恩愛に何も感じていないように思われたからである。

「香を生んだ直後の産後鬱の時から何とか恢復し、普通の生活ができるようになったのは、ひとえに母の献身的な世話のお陰ではないか。母が全力を挙げて香の世話や我々の食事の世話から洗濯など身を粉にして一心に面倒を見てくれたからこそ、あなたも健康を回復し子供たちもすくすく育ち、何とか今日までやってこられたのではないか。僕は三男だけれど、母が老いて弱った今こそ自分が世話をしなければならないと思っている。母には感謝してもしきれない気持ちでいる。母はあなたのどうしようもない愚痴をありったけの寛大な気持ちで受け止め、あなたを慈しんできた。母が老いて弱り独り暮らしが覚束なくなった今、自分の受けた恩を返そうという気にならないのか」

しかし、彼女は態度を変えなかった。理由を尋ねても説得力のある説明ができない。その時は、ただ驚き呆れるばかりで彼女の深層心理にまで考えが及ばなかった。あるいは、蓉子には蓉子なりの考えがあったのかも知れない。自分はまだ完全に回復していない上に特に他者に気を遣う性格であるから、義母と同居するとなると自分自身の神経が持たないと思っていたとも推測できる。

他方、颯の方は自分から離婚を言い出せば、彼女の鬱病が再発し自殺しかねないと危惧していた。美紫緒との愛をとることが蓉子を殺すことになるのであれば、それを押し通すべきではないと彼の理性が言う。その場合は、美紫緒に正直に事情を伝えて謝る他ないと覚悟していた。従って彼女の硬い態度を見て、自分の認識が大きく誤っていたと考えざるを得なかった。

仮に蓉子が義母との同居に賛成してくれたとすれば、颯は美紫緒との約束の板挟みに会い苦悩に突き落とされていたであろう。母は未だ介護が必要だという段階ではない。頭はしっかりしているし、衰えたとはいえ体も十分に動く。母に介護すべき時がきた場合にどう対応するかについて、兄弟間で特に話し合ったたことはない。

しかし、問題の本質は母の面倒を兄弟の誰がみるかではなく、颯が美紫緒との恋に殉ずるかどうかにあった。この点に焦点を合わせると、颯は蓉子を嫌っていたのでもなく、嫌になったのでもない。むしろ彼女の誠実で正直な性格は誰よりもよく承知していたし、女性としての魅力や数多の美質についても深く理解していた。人格の完成度は自分よりはるかに高いと評価していた。美紫緒に恋していなかったとすれば仲良し夫婦として人生を全うすることができたであろう。他方、美紫緒への恋心は歳を経ても衰えることがなかった。

美紫緒はやはり最高の女性だと思わざるをえない。傍にいるだけで心は満たされる。こういう迷路に置かれた時、君子はどう動くべきなのだろうか。美紫緒との生活をとれば、蓉子への罪悪感は終生ついて回るであろう。結婚制度によって蓉子は一見優位な立場にあるが、颯の恋心を基準にすれば美紫緒を選択せざるを得ない。颯はある時期からずっとこの問題に正解をだせないで苦しんできた。

学生時代に美紫緒に書いた最後の手紙では、「あなたが僕を必要とする時がくれば、たとえ結婚していようが、子供がいようが即別れてあなたと結婚する」と書き、これは永遠の約束だと言った。一途な情熱の迸る決意であった。あの気持ちの根っこは、今の颯にも確実に残っている。正解を求めていくら悩んでも、どうにもならないのである。ただ気持ちの根底では、美紫緒への愛は動かし難い真実であった。

しかし、颯の母との同居の話を持ち掛けたときの蓉子の態度は、まさににべもない態度であった。そのようにしか見えなかった。医師も「もう大丈夫だ」といい、日ごろの態度も快癒したように見えていたので、颯は「同居できない」という彼女に全身で怒りを覚えないではいられなかった。とりわけ彼女が平然と漏らした「離婚されても仕方ない」との言葉からは固い決心の上での拒否としか思えなかった。もはやこんな女性を愛することはできないし、一緒に暮らすこともできないと判断せざるを得なかった。

颯は熟考した末、離婚の申し出を決心し「同意できないのであれば離婚する他ない」と蓉子に伝えた。この言葉に彼女は特に動揺する様子もなく平然としていた。彼女にも固い決意があるように見えた。離婚の申し出に異論を言わず、暗黙裡にそれでよいとの態度であった。これまでは蓉子の鬱病は全快しておらず、何かあればすぐに鬱の深い穴に突き落とされて希死願望を実行に移しかねないと心配してきただけに、自分の認識が誤っていたのかと愕然とした。

元々蓉子はエネルギーの過小な人で、気が小さく図太さの欠片もない人であるが、鬱病発症後は何事につけてきぱきと処理することができず、部屋の整頓なども下手で不要なものが満ち溢れ埃がたまる。物を捨てるのが嫌いで何でもとっておくとか、食卓の上にも雑誌や新聞を無造作に積み上げるなどは、鬱病の特質である怠け者病と全く無関係ともいえないように思われた。

この間、様々なことを考え苦しんできたが、美紫緒が家出をして上京した今、悠長にしている訳にはいかない。何とか「解」を絞り出さなければならない。

思うに、結婚の構造を単純化すれば、物的要素と精神的要素に大別できる。両者は密接に関係しているが、主として前者は結婚の経済的基礎であり、後者は結婚生活が不幸をもたらす場合にそこから抜け出すための制度として機能するものである。離婚自体が道徳的に悪だとはいえないし、不幸だと断ずることもできない。夫婦で憎しみ合うよりも婚姻関係を解消して新しい人生を歩む方が幸せなことも多い。個人の幸福追求と婚姻の持続とは決してイコールではない。

颯は出会った日から美紫緒に恋してきたのであるから、仮に蓉子が颯の美紫緒への気持ちを知っていたとしたら、そんな男と共に暮らすのは蓉子にとって耐え難い苦痛であろう。その場合、一般的に経済的基礎が十分であれば、別れた方がよいともいえる。婚姻法が平等の理念の下に片方が不利にならないように、細かい強行規定を定めた所以である。

離婚に際しては十分な話し合いが必要である。感情が前面にでると話し合いはうまくいかない。颯は美紫緒への思いを蓉子に正直に話すべきかどうか熟考したが、円満な解決を望む以上、この段階で何もかも正直に話すべきではないと思った。話合いの最初から感情を刺激する話題を出すのではなく、必要が生じた時に伝えればいいと考え、ひとまず秘すべきだと判断した。

颯はかねて考えていた離婚の際の心づもりを蓉子に話すことにした。

「僕はできる限りのことはする」と言い、文書で「以下約束する」として、①颯所有の土地及び家の所有権は蓉子名義にする。②定期預金の半分は蓉子に譲る。③給与も半分は蓉子に送付する。④子供が大学卒業までの学費と生活費はすべて颯が負担する。⑤定年後の年金も半額は蓉子に渡す」と記し署名捺印して渡し、法的手続についても説明しておいた。この内容は事前に美紫緒の了解を得ていたことはいうまでもない。蓉子は黙ってこれを受け取ったが、その後も同居拒否を改めるとは言わなかった。

蓉子は相続で熊本に百坪の土地を所有し、かなりの現金も手にしていたので、将来不安はそれ程強くない筈である。他方、この提案は颯にはきわめて厳しい内容であったが、弁護士として稼げば何とか口に糊することはできると楽観的に考えていた。

美紫緒に会って、離婚を申し出たこと、蓉子も異論を唱えなかったことなど話の要点を伝えた。美紫緒は安堵の表情を見せた。これで長年の恋が実る、夫との離婚も安心して先に進めることができると思った。颯が自分を裏切ることはないと信じていたが、きちんと責任を果たしてくれたことが嬉しかった。

美紫緒は「私は喜んでお母さんと同居するわ」と言った。「今度はマンション暮らしをしたいと思っていたので、私たちの隣の部屋が空いていればいいけれど、階の違う別の部屋でもいいわよね。一緒に食事ができるようにしましょう。もちろん掃除や洗濯などは私がやってあげるし、病院等に行く必要があれば、私が車で送り迎えするから何の心配もいらないわ」と朗らかに語った。長兄が母と同居することになった話は後にしておいた。

美紫緒の言葉を聞いて颯はとても嬉しかった。やはり美紫緒は心の優しい女性である。まだ颯の母と会ったこともないのに、何の迷いも見せないで全面的に颯の思いを適えるという。彼女は幼い時から何不自由ない生活をしてきており、お手伝いさんも同居していたので雑用さえろくにしたことはなかった。幼少期から誰にでも親切な女性であり、困っている人や弱い人をみると放っておけない性格だった。ましてや今、愛する颯が母親のことを心配しているのを見て黙って見過ごすことなどできず、喜んで世話を焼くという。颯は真っすぐに応じてくれた美紫緒に心から感謝した。

美紫緒は山手線の目白駅から東に少し歩いた所にある旧熊本藩の細川邸の近くの3LDKのマンションを借りた。閑静な住宅街にあり大学にも近い。二人で暮らすには十分な広さであり、美紫緒が見つけただけあって環境も間取りも気に入った。二〇〇三年の春休みの間に颯はさっそく必要なものをこちらに移し同居を始めた。

美紫緒は「できるだけ早く適当なマンション探さなければいけないわね」と言った。やっと二人の願いが叶うという充足感が顔と身体全体から立ち上っていた。

颯が母との同居の話を進めているとき、長兄の剛が母の面倒は長男の自分が見るのが当然だとかねて考えていたようで、同居の準備を進めていた。剛の三人の娘は結婚して家を出ており、母と同居するのに支障はなかった。剛が母に深い愛情を持っていることは颯も承知していたので、母が承諾すれば、颯が横やりを入れるべきことではなかった。父の恩給が母の最大の収入源であったが、それで充分に母の生活費は賄えたので、剛夫妻に金銭的な負担をかけることもなかった。

美紫緒との生活が始まって間もなく夏休みがきた。颯は美紫緒と一緒に軽井沢にいくことにした。長野新幹線開通後だったので、軽井沢駅は以前の田舎駅の趣はなくなっていた。万平ホテルでの二泊三日の短い旅であった。美紫緒にとって軽井沢は初めてだったが、すぐに気に入ってくれた。広々とした別荘も心和むが、雲場池、滝の白糸、鬼押出などを車で回った。

颯はこの小旅行で美紫緒に蓉子の鬱病について話し、これまですぐに家を出られなかったことを詫びようと思った。

「自分の気持ちは青春時代と何も変わらない。むしろ美紫緒をより深く知って益々好きになっている。美紫緒こそ自分の理想の女性である。これまであなたに話さなかったけれど、蓉子は香を生んだ後、重度の鬱病に罹り、薬のお陰で何とか普通の生活をすることができるようになってきた。しかし、子供の受験だとか自分の母親の死だとか、困難に直面するとストーンと気分が落ちて鬱病が再発する。医師からは《希死願望》があるから注意するように言われてきた。僕もどうしたらいいのか悩みに悩んできたが、いきなり離婚を持ち出せば、自殺の可能性が高い。美紫緒への愛情は人生を賭けたものである。だが一人の女性の命を犠牲にしてまで突っ走ることはできなかった。離婚を決断強行できなかったのはそのためである。結果的にあなたに迷惑をかけることも心配だった。あなたの潔さを見せつけられてやっと決断に至った」

「あなたは蓉子さんとの出会いの時の話はしてくれたけど、日頃の生活での蓉子さんのことは一度も話したことがないわね。私に気を遣って避けていたのだと思っていた。私が家出してきたので、あなたは応じてくれたのよね。嬉しかった。しかし、今初めて彼女が鬱病に罹患しあなたもそれに苦しんできたことを知りました。現時点でいきなり離婚を強行すると、彼女は自殺しかねないとのあなたの懸念は私にも分かるわ。私だって夫が自殺すると分かれば、きっと二の足を踏むだろうと思う」

「僕は一応大学での講義をはじめ仕事があるので、これまで蓉子の事ばかり考えずに済んだ面もある。最近は日常生活を普通に送っているし、父が亡くなって母が一人になった時に蓉子が見せた強い意志は、もう離婚を持ち出してもいいと思わせるものがあった。

実際僕が離婚を持ち出した時は、そんなに驚いた様子もなく平然としていた。美紫緒のことを考えると、何があっても美紫緒との未来を切り開かなければならない。全てを丸く収める手立てなど在る筈もない。自分が悪者になることを恐れるべきではない。自分の人生の目的を貫いてこそ生きる意味があるのだから」

確かに蓉子は正直で善良で性格も穏やかで、人に対しても親切で優れた点をたくさんもっている女性である。しかし、魂の深いところで蓉子にとって颯が人生の不可欠の男性といえるかというと、必ずしもそうは言えないのではないかと思う。ただ人生の何を喜びとし生き甲斐としているのか、年を経るにつれて颯には分かりづらくなっていることも確かである。二人の生き方は余りにも違っており、彼女が颯から癒されることはほとんどないように颯には感じられた。人間は悠久の時間の一瞬を生きるにすぎない。歴史は地球上に様々な社会と人間を生み出し、形も性格も異なる多様な個人を作り出してきた。われわれは人間の魂、情熱、性格、信念、体力、知力など親から与えられたり、環境から自ら学んだりしながら歳を重ねるが、こと男女の愛については、神の介入はなく人間の主体的な意志で決定する他ない。異性の何を好み愛するかは各人に委ねられている。颯にとって、美紫緒は常に頭から離れない女性であり、情熱の湧き出る女であった。感受性のリズムも気持ちもよく響き合う。蓉子とは美的感覚など生活のリズムが合うとはいえない。

もっとも、結婚には責任が伴う。自ら口説いて結婚してもらった以上、老いてきた蓉子の生活の保障だけはしっかり果たさなければならない。それは男子としての道義的責任である。特に蓉子のような優しく誠実な人間に対する裏切りは許されない。それでも目に見えない天罰が下るかもしれないが、それは甘んじて受けなければならない。颯はそのように認識し覚悟していた。

美紫緒は「あなたの言う魂のレベルでの深い愛、感受性のリズムの点では、私の方こそ憲一とは何一つ共鳴し合うものはないわ。きっとあなたと蓉子さん以上に違うと思う。ただ子どもができたので、簡単に別れられない現実が生まれてしまった。しかし、息子は成長するにしたがって、両親が愛し合っていないことを感知し、陰に陽に私に離婚を迫ってきたのも事実なの。だから気分的に私の方は楽だったわね。幸い夫は財産家だから、彼の今後の生活を心配する必要がないのは助かるわ。何よりも私が居ることで彼が癒されていると想像することは難しいもの。私の真剣な悩みにただの一度も真剣に向き合ったことがなかった人だからね。彼に多少の同情心はあるけれど、心からの愛情を抱いたことは一度もないのよ。

私の気持ちは完全にあなたに向いているし、何度か言ったけれど、私はあなたの子供を妊娠したかった。子どもがいれば、私たちの状況は随分変わっていたわね」

軽井沢からの帰りの高速道路を走りながら、「僕はこれまでやるべき仕事は一応やってきたので、二人で即死してもこの世に未練はないよ」と言うと、彼女は「私も何の未練もないわ。あなたと二人でなら今一緒に死んでもいいわ」といった。美紫緒は何と素直で天使のような女性なのだろう。二人で即死すれば全ては終わる。

貧乏学生だった若い頃に較べれば、今は多少の余裕もできた。美紫緒と一緒に食事や散歩をし、コーヒー店に入って語り合うのは素敵な時間だった。彼女の着てくる服はいつも上品で洒落ていた。颯は会う度に、この世で美紫緒が一番美しいと思う。もう人生でこんなに女性を愛することはないであろう。美紫緒も自分が愛されていることには、微塵も疑いを持っていなかった。彼女は「私の方があなた以上に愛しているわ」といつも言う。できるものなら二人で外国に逃げ出したいとも言った。

二人の生活は喜びに満ちていた。確かに離婚届は二人とも未提出であったが、あまり気にならなかった。誰にも邪魔されず、好きなだけ話合い愛し合うことができたからである。

ある日、美紫緒は「あなたが学生時代を過ごした中村橋に行ってみたい。震えながら私に電話をかけてくれた電話ボックスやあなたの住んだ栄荘も見てみたい」と言った。青春時代を振り返りたくなったのである。

「どんな街のどんなアパートで青春をかけて私を愛し、愛の手紙を書いたのか。デートの為にありガネを使い果たして、一円玉をかき集め十円のコロッケを買って空腹を満たしたコロッケ屋も見てみたい」という。美紫緒には、貧乏をものともせず純粋に自分への愛を語った青春時代の颯の真剣な言葉、表情などが深く心に刻まれていたのである。

青春の中村橋は西部池袋線にあるが、中村橋駅は一九九七年に高架化され昔の面影を残していなかった。颯もこの街を訪れるのは約三十年ぶりであった。北側の街並みはほぼ昔のままであった。時々行った喫茶店も残っていたし、よく通った定食屋もそのまま存在していた。覗いてみると、颯が学生時代にいた若い女将さんが、今は中年を過ぎ老境に近くなっていた。懐かしかったので、颯は挨拶をしようかとも考えたが、きっと「学生の頃よく食べに来ていました」と言えば顔は覚えているに違いない。しかし、美紫緒と一緒であり、三人で昔話ができる訳ではないから、声はかけなかった。

栄荘は駅の南側にでて千川通を左に曲がらなければならない。信号を渡って十五メートル程の処に例の天ぷら屋が昔のまま残っているではないか。驚いたし嬉しかった。ここで美紫緒とデートして帰ってきた日、残金ゼロだった颯は、アパートで一円玉をかき集めると十個になったので、この天ぷら屋でコロッケを一つだけ買って頰張った。

このことは美紫緒にも話してあったので、「美紫緒さん、ここだよ」と言って、コロッケを二つだけ買った。二人は颯の住んでいた栄荘まで歩いた。颯の部屋は一階だったが、人が住んでいるので部屋の中までは見ることができない。しかし、栄荘が昔のまま残っているのは嬉しかった。憧れの美紫緒、四六時中彼女のことを考えながら生きていたあの頃のことを想うと胸が一杯になる。

二人は少し歩いて、近くの公園に行った。昔のままのブランコがあった。そのブランコの横木の上に立ち少し力を入れて漕ぎ始め、先ほど買ったまだ温かいコロッケを頰張った。美紫緒も嬉しそうに食べてくれた。言葉は要らない。お互いに笑顔で眼を見つめ合った。それで言葉にする以上の思いの共有が果たせるのであった。

永遠の恋人が、自分が死ぬほど恋した美紫緒が、青春時代に過ごしたこの街のこの公園で一緒にブランコに乗ってくれている。笑顔で。こんな幸せがあるだろうか。若い日の颯に言ってやりたい。努力すれば稔ることもあるのだと。一生懸命勉強し美紫緒を愛し続けたからこそ、青春の夢がこうして実現しているのだと。若き日の颯へのこれ以上のご褒美はない。

「若い日の颯」は、いつも心の底に生きていた。毛沢東が最初の革命の根拠地「井崗山」からいつでもやり直してみせると嘯《うそぶ》いたように、中村橋と栄荘は颯にとっては「井崗山」に相当するものであった。「永遠の存在」である美紫緒がいなければ、今日の自分はない。青春の地で美紫緒とブランコにのりコロッケを頰張る。夢が今現実になっている。若い日のことを思うと自然に涙が滲んできた。

東京に来て初めて美紫緒に震えながら電話した電話ボックスも残っていた。この電話ボックスで緊張しながら「美紫緒さん」と語りかけ、彼女は「美高さん!!」と応えてくれた。その記憶は未だ新鮮であった。

あの頃のことは何でも覚えている。四畳半の部屋で四六時中、憧れの美紫緒のことを思っていた。安物のプレイヤーでモーツァルトやバッハを聞いた。最初はピアノ曲を好んでいたが、美紫緒から「私はヴァイオリンが好き」と聞いてからは、ヴァイオリンの曲を多く聞くようになった。静かな気持ちで音楽に刺激されてよく文章を書いた。

美紫緒の発案で、今こうして青春の中村橋で美紫緒と歩き、語り合っている。夢のような時間であった。大好きな美紫緒が傍にいる。彼女は優しい笑顔で颯を見てくれている。今あの頃の気持ちが実現している。何とか彼女に手が届く存在になりたいと願い努力してきた青春時代。今自分はあの日の青春を生きているに等しいと思った。

完

あとがき

　小林秀雄は、「作家は処女作に向かって成熟する」といった。どんな大家の作品もその芽は処女作にあるという程の意味であろう。その伝でいけば、「人生は青春に向かって成熟する」ということになる。この小説は、青春に芽吹く恋を起点に理想の女性を書いたフィクションである。

　私は大学に入って法律学の面白さを知り、青春前期に耽溺《たんでき》した文学はいつの間にか情熱が薄れて、遂には法律学を生業としてきた。しかし、大学で研究教授される法律は、圧倒的に実定法の解釈が中心である。社会変動の著しい現代においては、実定法の制定や改正も頻繁に行われている。我が国で改正されていないのは憲法くらいといってもいいであろう。プラトン（BC四二八～三四八年）は法の精神や根源を神に認めたが、その時代と今日とでは、法の意味内容も機能もまるで異なる。そのため、現代における法の学習が人の精神に与える養分には明らかな限界がある。

ところで、文学あるいは小説の面白さ（精神に与える養分）はどこにあるのか。それは真実を語る、あるいは語ろうとすることにあるといえよう。事実をいくら並べてみても真実に至ることはできない。事実には意志がないからである。古典文学が生き残ってきたのも、作者が事実ではなく真実を伝えようとしたからであろう。事実は真実を語る上での一要素でしかない。ここで真実を精密に定義することはできないが、とりあえず「永遠に変化しないもの」に作者の魂の眼を正しく向けることによって得られるものとでも言っておこう。

真実を紡ぐにはフィクションが不可欠である。つまり、人はフィクションを通してしか真実を語れない。私も青春の真実を語るためにこの方法を用いたが、いま少しこの点を敷衍しておこう。

現代における法規範は、私人（私法）ないし行政機関（公法）、あるいは裁判所を拘束する。これに対して、文学（フィクション）は書き手の意志を何ら拘束することがない。書き手は自分の語りたい真実を何かに縛られることなく自由に展開することができる。もっとも、完成度の高いフィクションでなければ、真実を鮮明に示すことはできない。そのためには物語の登場人物が社会という大地にしっかり根を下ろし、展開されるストーリーの中で生きた言葉を発しなければならないであろう。

この小説に込めた真実が素直に読者の気持ちに溶け込めるかは、その完成度の如何にかかっているといえよう。書いてみると当初八百枚（四百字詰め）になったが、文学研究者の友人の、処女作としては長すぎるとの示唆をうけて、四百枚弱に絞った。そのこともあって、自分としては意を尽くせなかった点が大いに気にかかっている。

今後とも真実に向かって努力したいと思っている。

大浜啓吉

二〇二四年一月八日

著者について——

大浜啓吉（おおはまけいきち）　一九四六年、熊本市に生まれる。熊本高校卒業、早稲田大学第一法学部卒業、早稲田大学大学院政治学科博士課程前期修了。博士（法学）。早稲田大学政治経済学術院（政治経済学部・同政治学研究科）教授を経て、現在、早稲田大学名誉教授。主な著書に、『行政裁判法——行政法講義Ⅱ』（岩波書店、二〇一一年）、『行政法総論　第四版——行政法講義Ⅰ』（岩波書店、二〇一九年）、『「法の支配とは何か」——行政法入門』（岩波新書、二〇一六年）などがある。

過去にならない恋

二〇二四年三月二五日第一版第一刷印刷　二〇二四年四月五日第一版第一刷発行

著者――大浜啓吉
装幀者――滝澤和子
発行者――鈴木宏
発行所――株式会社水声社
東京都文京区小石川二―七―五　郵便番号一一二―〇〇〇二
電話〇三―三八一八―六〇四〇　FAX〇三―三八一八―二四三七
［編集部］横浜市港北区新吉田東一―七七―一七　郵便番号二二三―〇〇五八
電話〇四五―七一七―五三五六　FAX〇四五―七一七―五三五七
郵便振替〇〇一八〇―四―六五四一〇〇
URL：http://www.suiseisha.net

印刷・製本――精興社

ISBN978-4-8010-0808-3